河出文庫
古典新訳コレクション

土左日記

堀江敏幸 訳

河出書房新社

目次

貫之による緒言　7
土左日記　30
貫之による結言　112
全集版あとがき　いま書かれつつある言葉　117
文庫版あとがき　彼の姿も消える　123
解題　西山秀人　145

土左日記

貫之による緒言

其の一

あれはたしか昌泰《しょうたい》四年（九〇一）一月、道真公《みちざね》が大宰権帥《だざいのごんのそつ》に左遷されるという、晴れわたった空のもとでいきなりいかづちに見舞われたような出来事があって、亭子院《ていじいん》の手から延喜帝《えんぎてい》へ、道真公から時平殿《ときひら》へと、世の土の下に眠っていた岩漿《がんしょう》がにわかに沸きあがり、それが徐々に冷えてかたまりつつある頃のことだった。足かけ五年に及ぶ遠国で国司の任を果たし、六十もなかばを越えようとしているいま、こうして当時をふりかえってみると、和魂漢才を一身にまとった道真公の不遇がなければ、私が奏上するはこびとなった新しいよろずの言の葉は、たとえそこにやまとうたをならべようとも、いまだ漢字で記された詩の上にふわりと落ちかかる程度で、土ぜんたいを豊かにするような展開には到らなかっただろうと思わずにいられない。延喜の帝《みかど》のもと、やまとうたの精華を採取し、表現のありようをさらに突き詰めるという試みは、不幸のなかで手にした奇跡的な幸福の種であったかもしれないのである。

　私が若い時分から親しみ、ものごとのよしあしを見きわめるよすがとしていたのは漢籍の訓《おし》えであり、五言七言で律せられたからのうたであった。からうたの影響は、いまも消えてはいない。漢詩文でなにかを記せと命じられたならば、道真公のような華麗さ、真名序《まなじょ》を整えてくれた淑望《よしもち》のごとき堅牢《けんろう》さは望むべくもないとしても、身の丈にあう漢語を組み立て、そこにみずからの思いを露のように吐きだすことくらい、苦もなくできるだろう。友則《とものり》、躬恒《みつね》、忠岑《ただみね》らとともに古今和歌集を延喜の帝に奏上したとき、私は御書所預《ごしよのところのあずかり》として宮中御文庫の管理をしていた。大陸から運ばれて来た貴重な文書と先達による数多くの写しの、墨と香と紙のまじりあった空気を吸いながら脳裏にためこんできたのは、まちがいなくあの道真公が強く推しすすめられようとしていた、律令を支える漢字の群れだった。

といって、どれほどの見識と博識を示すことができても、儒者として官位をかさねていく道は、私に開かれていなかった。紀《き》の一族の栄華は、すでに遠いむかしの物語である。父が六位、祖父が五位といった程度の出自では、授爵を意味する従五位《じゆごい》下に昇進できただけで、もう十分だと言わねばならない。それを認めたうえで、いや、認めているからこそ、私は漢籍ではなく、延喜の頃にはまだ公の場で扱いかねている感のあったやまとうたの洗練に、生きる術を見出したのである。心と言葉の関わりをねばりづよく観察し、心だけではうたにならず、うたの姿や形を定めるだけでは心が足りないこと、すなわち、心と言葉は一体ではなく、言の葉こそがつぎの言の葉を生むという、そのことを肝に銘じなければならなかった。大学寮を出たばかりの頃から、すでに名のある先達にまじって、非力をかえりみず前を向き、文章生《もんじようしよう》の出身ではないという、あ

る意味で学問の王道からはずれた道を歩きながら、能筆として、歌詠みとして
の研鑽《けんさん》をかさねた私は、四十を過ぎて、兼輔《かねすけ》殿の家人として受け入れられる僥《ぎょう》
倖《こう》に恵まれた。心身両面の喜びを味わったあの日々の思い出は、ただの懐かし
さではなく、いまもって捨てることのできない、あわれな自負の源でもあるの
だ。

其の二

地方官として、私はこれまで越前権少掾《えちぜんごんのしょうじょう》、加賀介《かがのすけ》、美濃介《みののすけ》を歴任してきた。美濃にには出向いたとはいえ、ほかはいずれも形ばかりの遥任《ようにん》であり、そのあいだわが身が京を離れることはなかった。延喜十七年（九一七）正月、すでに述べたとおり、四十代のなかばを過ぎて大内記からようやく従五位下に昇進し、貴族の末席に連なったものの、いざ職についてみると、真の秀才たちに比肩するほどの力は発揮できなかった。任じられたのが加賀介だったのは、実力と来

歴からすれば仕方のないことではあった。だが、私には、歌詠みとしての青臭い自負があった。そうやすやすと京を離れるわけにはいかない。兼輔殿の尽力でなんとか加賀介赴任を免れ、翌十八年二月、偶然欠員の生じた美濃の国府を仰せつかったのは、幸いだったとも言える。美濃は京から数日で到着できる、比較的恵まれた国なのだ。しかしながら、帝の命を受けて屏風《びょうぶ》歌を、祝賀の席で、あるいはおくやみの場ではそれにふさわしいうたを詠み、代作をかさね、政務のあいまに勅撰集の編纂《へんさん》に打ちこむような日々は、中断するほかなかった。美濃で暮らしていたあいだ、私の留守を襲う恰好でお役目が回ってきたと言ってもいい、わが友躬恒の活躍ぶりを、うれしく、頼もしく眺めながらも、心の片隅では無念に想《おも》っていることに、私は気づいていた。京からの距離は、公的な歌詠みの仕事をあきらかに鈍らせる。美濃にいた頃の記憶にある詠進はわずかに二度、大きなものでは東宮の御息所《みやすどころ》の屏風に歌をお送りしたくらいである。地方暮らしのつらさよりも、歌人としての地位の低下のほうこそ不安の種だったと言えば、傲慢のそしりも逃れえないだろうが、一面でそれは事実だった。

美濃国司の任が解かれたのは、延喜二十二年（九二二）正月。残念ながら、京に戻っても私にあらたな官位はめぐってこなかった。閑職ではあれ、大監物《だいけんもつ》として宮中の倉庫の監察を担うようになったのは、もう延長《えんちょう》の世に移ってからのことである。延長二年（九二四）、忠平《ただひら》殿への詠進を機にふたたび屏風歌を詠みうるようになったものの、すぐ翌年には左大臣忠平殿の北の方（宇多《うだ》天皇の皇女順子《じゅんし》）が亡くなられ、それにつづけて東宮慶頼王《よしよりおう》がわずか五歳で急死された。時代は延喜末の、若年の私が親しんでいた世界から遠ざかりつつあった。これ以上の昇進は望めず、物納品は地方の権門に回って京まで送られてこない。おまけに、私と入れ替わるようにして淡路介《あわじのすけ》に任ぜられていた躬恒が、帰京後、病に没した。私たちは実質、七年ほどもすれちがっていたのである。ひとまわり年上の先達であり、無二の友であり、最も身近なうたの敵でもあった躬恒の不在は、私の胸をさいなみ、かつ安堵させた。安堵したというこの認識がふたたび私を苦しめたが、躬恒の死を送るうたをついに詠まなかった真の理由はまだだれにも明かしたくない。躬恒の前には平貞文《たいらのさだふん》が、後には忠房《ただふさ》、是則《これのり》、そして忠岑と、ともに古今集を編んだ者たちが、ひとりまたひとりと世を去っていったいま、やまとうたを公式に支えうるのはこの私しかいないと、そんなふうに考えることも、できなくはなかった。

ところが延長八年（九三〇）の正月、老体となったわが身におもわぬ命が下ったのである。遠国土佐の国司。専門の歌人として重んじられるには、何度も言うように、京にとどまって、宮廷の近くにいることが必須の条件となる。延喜帝も兼輔殿も、表立って土佐行きの経緯を説明してくださったことはない。私の人事に兼輔殿の後ろ盾がないはずはないのだから、逆に言えば、これが精一杯だったのだろうと思われる。歌詠みとしての晴れがましさが、社会的な地位に直接反映されることはない。兼輔殿が土佐の国司に私をなんとか押し込んでくださったのも、家族を抱えた卑官の老後に、大国ほどの収入はなくとも、受領《ずりょう》として確実な実入りが見こめる地方に出向いたほうがよいと判断されたからにちがいないのだ。さまざまな異変がつづいて、落ち着きをなくしつつあった京では、やまとうたに目を向ける余裕もなくなりつつあった。歌合も減り、屏風歌を求められる機会も減った。求められているのはむしろ、強固なからうたのほうであった。居場所は、なかった。つまり、任国に向かったのは、私自身の意思でもあったのだ。

かつて応天門《おうてんもん》の乱に巻きこまれ、無実のまま連座して土佐に流刑となったと聞くわが氏族のひとり、紀夏井《きのなつい》について聞かされてきた逸話が、あのときほど身近に感じられたことはない。清貧をよしとし、みなにその人柄を愛され、歴代任国では農民たちからもたしかな信頼を得ていたらしいこの高潔な祖先にみずからを重ねあわせるのもおこがましいのだが、都落ちのわびしさは、現地での政務の詳細と自身の精神生活について、私に深い沈黙を強いた。歴代の国司たちがどのような権力を持ち、どのように土地の者たちを差配して私腹を肥やしてきたか、悪しき噂はかねがね耳にしていた。それを抑えるための煩雑な引き継ぎや、京に戻ってからの報告と監査がある一方で、抜け道もたくさんあった。幸か不幸か、私にはそのような方面での色気は少しもなかった。美濃国で学んだことを活《い》かし、任のあいだは最後まで奢侈《しゃし》をひかえて権力にものを言わせず、さまざまな問題に誠実に向き合った。頭を痛めていた海賊への対策も、最大限に講じた。任地での不安は、帰京後の身の振り方に対するそれに比べたら、ものの数ではなかったのだ。

其の三

土佐行きを前にして感じていた漠たる不安は、赴任後、たちまち現実のものとなった。延長八年（九三〇）は動乱の年だった。天変地異に見舞われ、とりわけ大水による壊滅的な被害をこうむって京のまちが騒然としていた頃、つまり私が右京亮《うきょうのすけ》に任ぜられた頃、古今和歌集からさらに秀歌を撰《よ》りすぐり、以降に詠まれたうたにも目を配った新撰《しんせん》和歌を編むようにとの勅を、兼輔殿を介して伝えてくださった延喜の帝が九月に、亭子院さまが承平《じょうへい》元年（九三一）に、定方《さだかた》殿が承平二年に、さらに、最も心を許せるお方であり主人でもあった当の兼輔殿が翌三年二月に帰らぬひととなられた。それらの知らせを、時と空間をへだてた遠国の公館で次々に手にしたときの驚きと落胆と悲しみは、筆舌に尽くしがたい。頼るべきひとを失って私は抜け殻のようになり、気がつけば知らぬ間に袖を濡らす日々がつづいた。赴任前に完成できなかった新撰和歌のことはつねに頭にあったものの、うたに逃げ込むこともできず、といって、うたよりも地に足のついたものもなく、現実生活の方が偽りの絵になりかねない状態だった。国司の仕事の細部を、なにも覚えていないなどとは言うまい。思い出すこと、思い出さずにいられないことは、山のようにある。五年のあいだ、私は一日も欠かさず政務日誌をつけていた。公務である以上、私見を述べることは許されない。なしたこと、起こったこと、入ってきたもの、出ていったものを、正確に、遺漏なく記録し、いずれやってくる新しい国司の参考になるようにと残してきた。だから、それは手元にはない。いまつぶさに読み返すことができたとしても、私というこの脆《もろ》い砂洲の上を、空っぽの筒のなかを、どんな風が吹いていたのか説明することはむずかしいだろう。

任を終えて京に帰り着いてからも、空白は埋められていない。たとえようもない喪失感のなか、日々は棹《さお》をさされた水底《みなそこ》の月のように、ゆらゆらと揺れている。京と遠国のあいだの行き来をともにした妻も、利発とは言えないが愛する息子もいる身、おのれのふがいなさを、惟喬親王《これたかしんのう》のような隠遁《いんとん》に紛らすわけにもいかない。世を嘆き、出歩きもせず、気持ちの通い合うごくわずかな知己との文のやりとりにとどまる日々にあって考えるべきは、これからの生活の安定であり、それと相即しうる、いや、させなければならない、歌詠みとしての地位の復権と維持である。少しずつ摂関家の方々との関係を深めはじめているのは、兼輔殿への恩義を忘れたからでは毛頭ない。孤雁《こがん》を気取るには、私はいささか弱すぎるのだ。

其の四

しかしこの寒々とした内なる声を、内からだけで正しく聴きとることはできない。空っぽにしたくても、空っぽだと感じている認識の部分だけは空になっていないのだから、このわびしさをわびしさとして片付けるのではなく、むしろ自分の外にいるもの、他なるものに成り代わった方がよい。朱雀《すざく》の帝の御代《みよ》であればするりと心を朱に染め、雀になったおのれの姿を冷静に見つめる。そんな方法もありうるだろう。外から内を見つめて湧きあがってきた思いは、自分ではなく他人の想像である。しかも他人がそのように想像していると想像しているのは、この私である。屈折は幾度も繰り返され、元の像に戻って完全に一致することはない。この不安定な、空っぽの私を言の葉で言い表すには、漢字による政務記録でも漢詩でもやまとうたでもどこか物足りない。漢詩で育ち、それを糧としてきた言葉は、すでに古今集のなかで相対化してきたつもりである。いまの自分を表現するために、私は新しい混沌をつくりださなければならない。

三十年も前、若い日に仮名文字でしたためた勅撰集の序の土台は、漢籍の知にあった。それを消化し、血肉化して仮名文のうたに還元したものを、私は「なづけてこきんわかしふといふ」と記したのである。やまとうたと歌詠みの地位向上につとめ、時宜《じぎ》にかなううたを、だれよりもはやく、だれよりも正確に、だれよりも趣深く詠みうる歌人として、私は漢語をなめし、やまとうたへと洗練させてきた。おなじような趣向のうたを幾度も繰り返し詠み、小さな表現の差にこそ大きなぶれがあることを、身をもって学んだ。そうして、たとえ漢籍の素養が透けて見えたとしても、やまとうたの表層に、石英のきらめきがほんのまばたきのあいだだけでも認められればそれでよい、その光をつかみ取りさえすればよいのだと考えるようになった。瞬間のきらめきを小筆で手控え、三十《みそ》一文字《ひともじ》という、目でその仮名を追えば追うほど意味をしぼりこむ選択肢が増えてくるやわらかい器にこぼれた光を載せて、自分のものにしてきたのである。にもかかわらず、この寒々とした気持ちを、屏風歌や代作に、あからさまに投影することはできない。制約のなかでいかにわが身を殺し、自分でないものに成り代わるか、それを追い求めてきたのは事実だが、いま老体が欲しているのは、一首で立ち、二首でよびかわし、三首で小さな世界をつくりだすだけのものではない。もっと不穏な色合いの織物である。

其の五

ここにはいないひとを想い、月影ひとつない秋の闇に飛ぶ雁が音に耳を傾けること。うたのなかでは、それが許される。いるはずのないひとを想い、飛んでいない雁の声を聴くことさえ、できなくはない。いやむしろ、そこにあるものをあると言わず、ないものをないと言わない、このふたつの眼差しのかけあわせこそが、心と言葉を引き離すために欠かせない、語りの、もしくは騙《かた》りの大切な軸なのである。ここにはないものを、ここにあらしめるための言葉。かつて醍醐《だいご》天皇の尚侍《ないしのかみ》のために、四季屛風の秋の部に寄せたうたが思い出される。是貞《これさだ》親王歌合に参列したあの若い日の、稚拙な雁信《がんしん》の焼き直しとはたしかに異なる領域に私は身を置いていた。秋霧は立ちわたれども飛ぶ雁の声は空にもかくれざりけり。秋の霧があたり一面にひろがって、なにも見えない。里も山も空もすべて半透明に濁った靄《もや》の向こうにあるばかりだ。それなのに雁の鳴き声だけが、はっきり聞こえてくる。屏風のなかに雁の声など響くはずはない。私はそこに、ないものをこそ招来したかったのだ。姿のない鳥たちの、命を賭した夜の飛行は、言の葉なくしてついに手元にたぐり寄せることのできない、闇の活力と余情を、あるいはそこにつながる余剰を私に教える。その一端にかろうじて触れていながら、つまらない欲と知が邪魔をしてどうしても届かなくなっている、幻聴にも似た声。その余りをとらえられるのは、遠国で憂いをかこちながら記した男文字の日記ではなく、やまとうたを自在に出し入れできる、心と言葉の境をなくした、澪標《みおつくし》のない海のような散文だけだ。言の葉を一枚で空に飛ばすには力が足りない。というより、言葉は単独で空を飛ぶことができない。見えても見えなくても、周囲を固める言葉の隊列が必要なのだ。心のすきまを吹く風は、高い空で冷やされ、渡りの鳥たちの羽で切られる。その羽音が、うたになる。

尚侍の屏風歌とおなじ頃に参席した、延喜十三年（九一三）の亭子院歌合は、判を下されるはずの忠房殿がご欠席とのことで、法皇みずからあいだに立たれた思い出深いものだが、あのときの歌合の一部始終を伊勢が仮名文で書き残してくれたことを特記しておきたい。日記でも評でもない、仮名文字による観察と報告である。しかしそこではまだ、うたと仮名文を意識的に合わせる形式に、それほど踏み込んではいなかった。まして、仮名に転化したからうたの匂いはなかった。一方、私はと言えば、ひそかに、あるいはあからさまに、業平《なりひら》の君を動かす物語に手を染めていた。心に釣り合う言葉ではなく、心からあふれる言葉。屏風絵のなかの不在の音を、不在の動きに変換することは、できないものか、それを考えつづけていた。私が私であり、専門歌人であり前土佐の国司として堪え忍んだ空白と空虚を、うつろな洞を、また、だれもがその眼差しの偏りと声の不均一を認められるような言葉をならべることはできないものか。男文字で記すには複雑繊細にすぎる心のひだを、空白を残したまま表現するには、どうしたらいいのか。やわらかい外見に鉄の棒を隠し持ち、波に揺られるがままの船という器に立つための舫《もや》い綱にする手段としてなしうることは、自身をいったん屏風のなかの登場人物にしてしまうしかない。屏風歌を詠み、主君の代作をこなす自分を、外から見つめるほかないのだ、と。

其の六

二重、三重とつづけて襲ってきた訃報の波に耐え、無為の現在を乗り越えるには、ただ漫然とうたを詠むだけでは足りなかった。なぜなら、うたを詠むとは、すなわち書くことだからである。仮名文字で、女文字で書きとめることだからである。新国司の到着が遅れたばかりに、私たちの帰京もそのあおりを食い、待ちわびていた京での正月を過ごすことができなくなってしまった。私自身も加賀へ行くことに不満を示して着任を遅らせていた口だから、なにか裏の事情があるのではないかとつい勘ぐりたくなったものだが、いざ膝をつきあわせて話をしてみると、京の情勢や管轄部署の玉突き人事の補充、またこのところ頻発している海賊による影響など、遅延の理由がいくらでも出てきて、これはたしかにやむをえなかったであろうと納得するしかなかった。もうよい年である、不満はあれど、私がとやかく言って、国司の館の雰囲気を悪くすれば、土地の人々に迷惑がかかる。

遅れて出立《しゅったつ》した海の旅での、さまざまな日常の儀式は、それじたいひとつの虚構である。五十五日にも及んだ旅程の出来事を、揺れる船の上で、あるいは陸に上がっての宴席の折などに書き付けた男文字の備忘録が、いま机上にある。ところどころ、やまとうたも記してある。古今和歌集においては、やまとうたというものをどのような状況で、どのように詠むべきか、作法や主題のみならず、ひとりの歌人として一書の配列に細心の注意を払いながら徹底的に考えたつもりだったが、かつて真名序と響きあう仮名文字の序を綴っていたときにも感じた和文と漢文とのずれ、もしくは漢文の和文への浸食に対する抵抗のむずかしさを、私は土佐からの船の上で、いまさらながら認めざるをえなかった。その経験は、延喜の帝が崩御される前、兼輔殿を介して命じられた新撰和歌の序にも活かしたつもりである。だがその仕事にはもう、差し上げるべき相手がなくなってしまった。受け取り手不在のやまとうたの集成を締めくくるにあたって、私はごく自然な気持ちで漢字文を選んだ。仮名文字ではなく漢字で記すことで、気持ちを封じたのである。そうしなければ、作歌のもう一段階上をゆく表現を、公務日誌の形では不可能なことどもを解き放つ新規の器を手に入れることなど、できはしないと思ったからだ。任国にあったときから、いや、もっと言えば、私がこの仕事についたごく初期から抱えている空虚を、埋めるのではなく、よりきわだたせる言葉を引き寄せるために。

船上で記した男文字の日記を横目に見ながら、私は京の家で和文を綴った。土左日記と名付けた以下の文書に記されている細部が、現実の世界に照らし合わせて嘘《うそ》か真《まこと》かと問うのはほとんど無意味である。国司の帰京、それも旅の船は一艘《そう》だけではない。二艘にわかれて乗り込んでいる人々の大半は、墨で消してある。扱った人物はすべて私の一部であり、分身なのだ。私と称する影は、描かれた屏風絵を前にすればつねに複数になる。海路を日一日と追い、現実の風景をあえて言葉の屏風に置き換え、そのなかに分け入り、ひとりひとりに接近して、同化する。しかるのちに、後ろにしりぞく。またあるときは、遠く離れた場所に立ってぜんたいを客観視する。私はここで名を持たない。男か女か、翁《おきな》か童《わらわ》かもわからない透明な水の玉かずらに映る、たくさんの倒立像のひとつにすぎない。要するに私は書き手であり、読み手でもある自分自身の従者にすぎないのだ。

其の七

うたをうたとして独立させず、文に溶け込ませること。船に乗った幾人もの亡霊たち、幾人もの分身たちの声、からうたのなごり、いにしえの人々が詠んだうたを、こちらの意識と読み手の意識の境なく自由に出し入れするには、うたと地の文の境界線をなくしてしまうのが、最も無理のない、また、いまの私が試みうる作り話の、唯一の姿である。遠国の港から京へと向かう船旅のあちこちに、私は仮名文字で音を拾いつづける書記のような透明な存在を配した。おなじく名なしの亡霊たちが、楽しげに、また苦しげに口にした言葉を、もれなく仮名文字で書き取らせた。仮名文字だから、万葉仮名のように清と濁との区別はない。古今和歌集以来、仮名表現にはまちがいなくひとつの型が生まれ、歌詠みのあいだで共有されてきた。しかし、私はそこからはみだし、型に収まらないなにかに、不在だからこそ濃く存在する言葉に、雁の、いや仮の姿を与えたいと思うのだ。透き通った幣《ぬさ》のごとき文字列は、やまとうたの手法をそのまま地の文に活かすことで生じた、形式の軋《きし》みの跡だと思えばいい。ただし、仮名文字に変換できない音を持つ、日記、京、願、講師、白散といったいくつかの漢語や、日付の部分はそのまま残すしかなかった。別言すれば、そこに男文字を記したことこそ、この日記が男の手によって書かれた事実を証しているのだ。

おそらく、のちにこの文書を手にする者は、吾ガ道ハ一ヲ以《モッ》テ之ヲ貫クという私の名に貫かれた空っぽの洞の意味や、面構えのつらの向こうへゆく、やまとことばとの距離の取り方に、なにがしかの意義を見出してくれるだろう。書きあげてしまったものを、ならば、だれに残し、だれに託したらいいのか。兼輔殿の息子である雅正殿なのか。それもある。厳しい日々と、厳しい旅を共にした妻か。それもある。妻に託すのであれば、仮名文の縛りはむしろ当然だろうから。しかしまた、機が熟すまで筐底《きょうてい》に秘して、私自身の息子にゆだねるという考えもある。時文《ときぶみ》の名は、すぐにそれとわかるよう細工して文中に滑り込ませておいた。まだ十歳にもなっていない息子が長じてこの文書を手にしたとき、どんな反応を示すだろうか。亡き子とはだれなのか、どこにいるのかと、母親に問うかもしれない。こんな子がいたなんて聞いたこともない、これは父の妄想だととがめるかもしれない。それとも、秋霧の彼方《かなた》から声だけが聞こえてくる雁のように、最初から得ていないものを失うという、矛盾の見立てと看破してくれるだろうか。

をとこもすなる日記といふものををんなもしてみむとてするなり。私は最初からそう書いた。これは創作だと明記したのである。記述と真実とのあいだになにがしかの膜が張られるのは、あたりまえなのだ。私は男にもなり、女にもなる。男の「私」にもなり、女の「わたし」にもなる。身のまわりの世話役にもなり、物納品の運搬と管理をつかさどる男にもなる。漢籍に学び漢語に習熟した律令の世の男たちが、必要に迫られて創りあげた仮名文字を、女たちが学んで自分のものにした。その女たちのことばの柔軟さを用い、表現の繊細なひだを男のものとするために、私はひとつの散文作品を書きあげたのである。いま、ここにそれをひろげて、自注をほどこしながら読み直してみたいと思う。

土左日記

おとこがかんじをもちいてしるすのをつねとする日記というものを、わたしはいま、あえておんなのもじで、つまりかながきでしるしてみたい（それは必ずしも、女になりすますことを意味しない。すでにこの書が私という男の手になるものであり、土左日記という標題を持つ創作であることは、劈頭《へきとう》に、ほかならぬ漢字で記されているのだ。これは土左《とさ》日記《につき》であって、とさのにきではない）。あるとしの、しわすもはつかをいちにちすぎてしまったひの、よるはちじころになって、わたしたちはようやくしゅっぱつした。なぜこんなおそいじかんになってしまったのか、もとよりたびだちはつねによるではあるけれど、そのいきさつをまず、ありあわせのかみに、さっとかきとめておくことにしたい。あるかた（もちろん、いまこの一節を記しているこの私が、としてもよい）が、このちでの、よねん、いや、ごねんにもおよんだ、くにのつかさのにんむをおえて、ひきつぎにひつようなてつづきのあれこれを、すべてかたづけ、げゆじょうという、だいじなしょるいのたぐいも、ようやくだしてもらい、おやけのやかたをでて、ふねにのるばしょへむかった（語り手としてのわたしが、主人につきしたがう侍女だとしても、あるいはその妻だとしても、解由状のことはもちろん、煩わしい役所の仕事のこと、なんの権限もない人物差配の詳細など知っているはずはなかろう。しかしながら、あるかたという遠回しな言い方と、そのあとに述べている話の中身がつながっていないのは、書き手としての私、貫之《つらゆき》にとって、ごく自然ななりゆきである。言葉の焦点は遠くに合わされ、また近くに合わされて、ついに固定されない）。やかたには、あのひともこのひとも、かおみしりのひとも、そうでないひとも、みなこぞってみおくりにきてくれた。ざいにんちゅうのすうねん、とくにしたしくまじわってきたひとびととのわかれは、ことのほかつらくかんじられる。まだあかるかったころから、とぎれることなく、つぎからつぎに、やっておくべきことがらがでてくる。それについて、みなが、こうしたらいい、ああしたらいいといってくれるものだから、あわせているうち、いつのまにかこんなおそいじかんになっていた、というわけである。

十二月二十二日。せめていずみのくにまでは、なにごともなく、へいおんに、ぶじにたどりつきますようにと願をかけた。ふじわらのときざねが、わかれのぎしきである、うまのはなむけをしてくれた。ふねのみちでかえるのだから、うまになどのるはずもないのに、である。かみのものから、しものものまで、みぶんにかかわりなく、いやというほどさけをくらい、よっぱらう。おかしなことに、しおがきいて、ものがくさるなんてありえないはずのうみのほとりで、このひとたちは、くさってぐだぐだになったかのように、しょうたいをなくしていた。

十二月二十三日。やぎのやすのり、というひとがいる。これからみやこにかえる、もとのくにのつかさのやかたでも、あまりおもんじられてきたひとでもなかったのだが、じつにりっぱなたいどで、わかれをのべてくれた。もとのつかさのひととなりがよかったからか（これは国司としての私の数年のなかで、とくに述べておきたい正直な思いだ。政治的にきわだった才覚などあるはずもない私から、生真面目さと誠実さを除いたら、なにも残らない）、このくにのひとたちは、ふつう、かえってゆくやくにんになど、ようはない。だから、わざわざみおくりにきたりしないものである。ところが、このひとには、まごころがある。まわりにとかくいわれるのをきにしない。だから、かおをだしてくれたのだ。これはなにも、せんべつによいものをいただいたから、ほめているわけではない。

十二月二十四日。講師、つまりこくぶんじのそうかん（僧官）が、わざわざおわかれにきてくださった（この講師には、出立《しゅったつ》まぎわの数ヶ月、本当にお世話になった。私たちが京に戻るに際して、やむをえずあの地に残していかざるをえなかったものがある。それはこのあとで、ほのめかしたり、しなかったりする存在のことだが、それが幻でなければ、境内の墓地の管理や供養も引きつづきお任せしなければならない方なのだ。とはいえ、この飲み食いのていたらくはいかがなものか。なにも講じていないのに……）。かみのものからしものものまで、そこにいたものは、ぜんいん、こどもまでよっぱらっている。おとこもじの一すらしらないれんちゅうが、じぶんのあしで十の字をえがくようにおどっている（千鳥足とはよく言ったものだ。浜の千鳥の足跡は別れの文字を刻んで、すぐに消えてしまう幻のようだ）。

十二月二十五日。あたらしいくにのつかさのつかいが、やかたへのしょうたいじょうをもってきた。これにおうじて、ひがないちにち、よるはまたよるで、おんがくをかなでるまねごとをし、あれこれさわいでいるうち、あさになってしまった（わたしが女だとすれば、こんな酔っ払いたちに、朝までつきあうはずはなかろう。では、彼らにつきあっていたのは、だれなのか）。

十二月二十六日。あたらしくやってきた、くにのつかさのやかたで、ひきつづき、のめやくえやのうたげがあって、さわぎとおした。郎等《ろうとう》、すなわち、しもじものものにまで、ごしゅうぎがあたえられ、からうたが、ろうろうとぎんじられた。あたらしいあるじと、これからさっていくあるじ（たる私、と見なすことはたやすい）をはじめ、ほかのひとびとも、うたをよみあった。からうたも、ぎんじられた。しかしこの日記は、かなもじでしるすことになっているし、おんなとしてのたちばをかんがえれば、それをすなおにかきとめるわけにはいかない。とはいえ、やまとうたならば、それができる。あたらしいくにのつかさは、こうよんだ。みやこいてきみにあはむとこしものをこしかひもなくわかれぬるかな（都出でて君にあはむと来しものを来しかひもなく別れぬるかな）。あなたにおあいしたいばかりに京をでて、せっかくここまでやってきたというのに、そのかいもなく、もうおわかれですね。すると京へかえる、まえのくにのつかさ（たるこの私）が、こうかえした。しろたへのなみちをとほくゆきかひてわれにに へきはたれならなくに（白妙の波路を遠く行き交ひてわれに似べきはたれならなくに）。しらなみのたつ、はるかなうみのみちを、はるばるあなたはやってきた、それといれかわりに、わたしはさっていこうとしているけれど、あなただって、いずれはおなじきょうぐうになるのですよ（こんな馬鹿騒ぎをしないで日々こつこつと働けばの話だが）。ほかのひとたちもうたをよんだのだが、たいしたものはなかったらしい（らしいとは、語り手が離れた場にいて、ぜんぶ聞き取れなかったからだ。詠まれたうたを知っているのはもうひとりの私。かつてこれを書き、いまこれを読みかえしている、この私である）。あれこれはなしをしたあと、ふたりのあるじはそとにでて、てをにぎりあい、よったいきおいで、つまらないおあいそうをいいあう。まえのつかさはやかたをでて、こんどのつかさは、なかにはいった（では、わたしは、どこにいったのだろう）。

十二月二十七日。おおつ（大津）から、うらど（浦戸）をめざして、ふねをこぎだす。いっこうのなかに、京でうまれて、いっしょににんごくまでつれてきたおんなのこを、このちで、とつぜんなくしてしまったひとがいる。このところの、あわただしいたびだちのしたくを、よこめにみながら、そのひとはじっとくちをつぐんだままだ。ようやく京へかえることができるというのに、あいするわがこのいないのが、かなしくてならないのである。まわりのひとびとも、きのどくがって、かんにたえないようすである。そんなとき、あるひとが（むろん書き手の私が）こんなうたをよんだ。みやこへとおもふをもののかなしきはかへらぬひとのあれはなりけり（都へと思ふをものの悲しきは帰らぬ人のあればなりけり）。これでようやく京へかえることができる。それはほんとうにうれしい。うれしいのだけれど、いっぽうでは、かなしくてしかたないのだ。あのこがもう、このよにもどってこなくて、京にもいっしょにかえることができないのだから。また、べつのときには、こんなふうにもよんだ。あるものとわすれつつなほなきひとをいつらととふそかなしかりける（あるものと忘れつつなほなき人をいづらと問ふぞ悲しかりける）。あのこはもうここにはいない。なのに、それをわすれて、いったいどうしたんだろう、どこにいるんだと、つい、ひとにたずねてしまった。そこであらためて、あのこのいないことが、よけいはっきりとおもいだされて、ますますかなしくなったものだ。そんなうたをよんでいるうち、こんどのつかさのきょうだいをはじめ、おおくのかたたちが、かごのさき（鹿児の崎）というところまで、わざわざふねでわたしたちをおいかけて、さけやらなにやらもってきてくれた。みな、ふねからおりて、はまべにすわりこみ、わかれがおしいと、くちぐちにおもいをつたえた。いまのつかさのやかたには、まっとうなこころをもち、ふうが（風雅）をりかいしてくれるひとなど、いはしない。あたたかいこころのもちぬしは、あとをおいかけてきてくれた、このひとたちだけだと、そんなこえもある。そのとおり、とわたしはおもうのだが、はっきりいってしまうと、さしさわりがある。だから、くちにはださない。こんなぐあいにわかれをおしんだのち、おいかけてくれたかたがたが、おもいあみも、くちはてたあみも、みんなでもてばだいじょうぶ、うたのことばがなかなかでてこないひとたちも、みんなでよめばだいじょうぶ、さあ、とばかり、このはまべに、あみと、ことばとを、いっぺんにかつぎだすいきおいで、こうよんだ。をしとおもふひとやとまるとあしかものうちむれてこそわれはきにけれ（惜しと思ふ人やとまると葦鴨のうち群れてこそわれは来にけれ）。もうおかえりになってしまうとは、いかにもおしい、ざんねんなことです。あなたがりっぱなおしどりなら、わたしどもはみな、あしがも。かもがむれるように、みなでつれだって、あなたのもとへおしよせれば、おもいがつうじて、ここにとどまってくださるのではないか。そうきたいしていたのですが。よみおえると、かれらはふたたび、こしをおろした。じつにすばらしい。さりゆくつかさは、こころからありがたいとかんしゃしつつ、かえしをよんだ。さをさせとそこひもしらぬわたつみのふかきこころをきみにみるかな（棹させどそこひも知らぬわたつみの深き心を君に見るかな）。さおをさして、ふかさをはかろうにも、それができないほどのふかさがある、このうみを、いまわたしはわたっていくのです。そのうみにまさるともおとらない、ふかみのあるころを、あなたはおもちだと、わたしはおもうのです。ところが、そんななか、かじとり（楫取り）だけは、わかれのじょうちょも、やまとうたのおもむきもわからず、じぶんがさけをくらいさえすれば、あとはもうけっこうとばかり、すぐにもしゅっぱつしようとして、そうら、しおがみちてきた、かぜもふいてくるぞ、とさわぎたてる。いちどう、わかれをおしみつつも、しかたなくふねにのりこむことにする。みおくりにきてくれたひとたちは、このとき、きせつにふさわしく、じぎにかなったからのうたを、ろうろうとぎんじた。また、かいのくにのみんようなどを、うたってくれるものもいた。ここは、ひがしではなく、にしのくにになのに（かいのくにとは、むろん甲斐の国そしてまた、櫂の国でもあろう。南国土佐は京から見れば西の国、京に帰るには東下りのように東にむかうことになる。業平の君だけではない。かつて私は、かりそめのゆきかひぢとぞ思ひこし、といううたを古今和歌集に入れた。これが最後のわかれとならぬよう祈る）むかしからいわれているように、これほどうつくしいうたごえをきけば、ふなやかたにつもったちりがまいあがり、そらをながれるくもだって、とまってしまうさ、などといっているらしい（言っているらしいというだけなら、どうして文字に書きとめられるのか。私はもう説明しない）。こんやは、うらどに、ふねをとめる。ふじわらのときざね、たちばなのすえひら、そのほかのひとたちが、あとをおってやってきた。

十二月二十八日。うらどからこぎだして、おおみなと（大湊）にむかう。そのとき、なんだいかまえの、くにのつかさのおとしだねである、やまぐちのちみねが、さけやらなにやら、けっこうなさかなをもってきて、さしいれてくれた。ふねをはしらせながら、わたしたちは、のんだりたべたりする。

十二月二十九日。おおみなとに、とまっている。このくにのいしゃが、とそ（屠蘇）、白散（びゃくさん）、さんがにちにそれをいれてのむための、おさけまでそえて、わざわざもってきてくれた。おもいやりがあるひとだ。けれど、これがほんとうのおもいやりといえるのかどうか（医師は任国にひとりしかいない。先に触れた、子をなくしたひとは、それが女のわたしであれ、男の私であれ、またべつのだれかであれ、末期の苦しみにあった子をこの医者に任せるほかなかっただろう。たとえば、それが作者たる私の子であったら、こんな医者の顔など見たくもないと思う。京にいる立派な医者に診てもらいたかったと、心の底から悔やむだろう。しかしこのひとは、よくやってくれた。精一杯尽くしてくれた、と思いたい）。

元日。やはりおなじみなとに、ていはくしている。きのう、あのいしゃにもらった、白散のつつみは、ほんとうは、きょうのむはずのものだった。だれかが、こんばん、ほんのひとばんだけのことだからだいじょうぶだと、それをふなやかたの、どこかのすきまにはさんでおいたのが、いけなかった。かぜですこしずつうごいて、うみにおちてしまったのだ。かんじんのひに、のめなくなったわけである。京ではがんじつにたべる、ずいき（芋茎）も、あらめ（荒布）も、はがため（歯固め）にするものもない。こんなものさえ、てにはいらないような、ひなびたとちがらだったのである。といって、あるじ（つまりこの私）は、それをみこして、あらかじめかいおきするようなぜいたくなまねもしなかった。しおでおしたあゆ（鮎）のくちだけをすう。それくらいしか、いまはできない。おしあゆだって、こんなひとたちにくちをすわれたりしたら、こころがおしあゆへしあゆ、どうにもへんなきもちになりはしないだろうか。まったく、きょうはむやみと、みやこがこいしくかんじられるなあとか、まちなかのいえの、しょうがつのもんのしめなわにつける、あの、ぼら（鯔）のあたまや、ひいらぎどのは、げんきにしているだろうか、とか。

二日。まだ、おおみなとにとまっている。あのこくぶんじの講師が、たべものや、さけをおくってきた。

三日。おなじところにいる。あとしばらくいてくださいと、かざなみがわかれをおしんでいるのだろうか。てんきが、しんぱいだ。

四日。かぜがあるので、しゅっこうできない。まさつら、というひとがきて、さけやらなにやら、けっこうなしなじなを、いっこうのおさ（たる私）にさしあげている。こんなふうに、いろいろもってきてくださるかたに、なんのもてなしもしないでいるわけにもいかず、おさのほうも、ささやかなおかえしはするのだが、いかんせん、たいしたものがてもとにない。せんべつのしなや、さしいれのしながあるから、いろいろあるようにみえるのだが、じつはそうでもないのである。もらうばかりで、すこしうしろめたい。

五日。かぜもなみもおさまらないから、まだおなじところにいる。いろんなひとが、ひっきりになしにたずねてくる。

六日。きのうのごとし（男文字なら、如昨日と書くだろう。殿方がつけているという日記の現物を見たことがない女のわたしでも、きのうのごとし、という音だけは聞き知っているのだと、そういうことにしておく)。

七日になってしまった。まだおなじみなとにいる。きょうはあおうま(白馬)のせちえのことが、あたまをよぎるけれど、こんなところでおもっても、どうしようもない。ただ、あおうまのおとこもじであるしろうまならぬ、しらなみばかりがみえる。そうこうするうち、いけ(池)となのつくとちにすんでいるかたから、ながびつにはいった、かわざかなやうみのさかなが、ほかのごちそうといっしょに、つぎつぎにはこばれてくる。こい(鯉)はないけれど、ふな(鮒)やなにかがはいっている。わかなもはいっている。いかにも、ななくさのひ、というかんじだ。おまけに、うたがそえてある。あさちふののへにしあれはみすもなきいけにつみつるわかななりけり(浅茅生の野辺にしあれば水もなき池に摘みつる若菜なりけり)。いけというちめいではありますが、ここはあさじのはえるのべですから、ほんとうのいけなどありません。おおくりしたわかなは、みずもないこのいけで、つんだものです。よくできたうたである。いけというのは、とちのななのだ。京でたかいくらいにいたさるおかたが、おっとのふにんにともなって、このとちにすみついていたのである。ながびつのなかのごちそうは、どうこうしているものぜんいんに、こどもたちにまで、わけあたえられた。みな、おなかいっぱいになり、ふねをあやつるものたちは、はらつづみをうつ。こんなことをしたら、うみのかみをおどろかせ、いらぬなみをたたせてしまいそうだ。さて、おおみなとにとまっているあいだに、さまざまなできごとがあった。きょうは、あるかたが、ひのきでできたおりづめを、つかいのものにもたせて、やってきた。しかし、なまえはわすれてしまった。そのうち、おもいだすだろう。じつは、そのごじんがきたのは、うたをよみあいたい、といううしたごころがあってのことだった。ああだこうだとせけんばなしをしたあげく、ふきんしんなことに、これからふねにのろうというひとたちのまえで、ずいぶんなみがたちますなあ、などとふあんげなこえでいい、こんなうたをよんだ。ゆくさきにたつしらなみのこえよりもおくれてなかむわれやまさらむ（行く先に立つ白波の声よりも遅れて泣かむ我やまさらむ）。これからふねがすすんでゆく、そのさきざきにたつ、しらなみのおとよりも、とりのこされてないている、このわたしのこえのほうが、ずっとおおきいでしょうよ。まったく、それではよほどおおきなこえなのだろう。ぶらさげてきた、さしいれのしなにくらべると、よんだうたのほうは、どうもぱっとしない。きいていたひとたちは、だれもかれも、とおりいっぺんのほめことばこそくちにするもののの、かえしのうたをよもうとしない。よもうとおもえばみごとにかえせるはずのひと（これもまた私、と考えていただいてよかろう）もまじっていたけれど、そのかたも、うまいものですな、とほめて、あとはごちそうにぱくつくばかりである。そうこうするうち、よもふけてしまった。うたをよんだごとうにんは、まだおいとまするわけじゃありませんがね、といって、ざをはずした。すると、あるひとの、まだとしはもいかないこどもが、ちいさなこえで、あたしがかえしをする、という。みな、いちようにおどろいて、それはすばらしい、ほんとにできるのかな、かえしをよめるんだったら、はやくいってごらん、とうながす。さっき、おいとまするわけじゃありませんが、とことわって、せきをはずしたおじさんがもどってきたらよむ、という。そのおじさんを、てわけして、ふねじゅうさがしてみたのだが、すがたがみえない。きまずくて、よるもふけたから、そのままかえってしまったのだろうか。それで、いったい、おまえはどんなふうによんだのかな、とだれもがきょうみしんしんでたずねる。こどもはさすがにはずかしがって、おしえようとしない。そこをむりにききだしてみると、やっとのことでくちをひらいた。ゆくひともとまるもそてのなみたかはみきはのみこそぬれまさりけれ（行く人も泊まるも袖の涙川みぎはのみこそ濡れまさりけれ）。さっていくひとも、ここにとまるひとも、わかれのかなしみで、どんどんなみだがあふれてきます。かわのみずがました、このみずぎわのように、わたしのそでもぬれていくばかりです、というものだった。じつにうまくよんだものだ。あいらしいこどもだけに、これはまったくおもいがけないことだった。ふねのおさ（たる私）は、こどもがかえしをよんだというのでは、むこうもかっこうがつくまい、ばあさんかじいさんがよんだことにして、そのなをしるしておくがよかろう、さくしゃをいつわるのがいいかわるいか、それはべつとして（この土左日記では、私ははじめから終わりまで偽りどおしなのだが、生きとし生けるもの、すべてがうたを詠みうる。子どもがよいうたをものしてもおかしなことではない）、ついでがあったらおくってやればいい。そういって、こどものかえしうたは、てもとにのこされたようである。

八日。つごうのわるいことがあって（どうも船の調子がよくないらしい）、まだおなじみなとにいる。こよいのつきは、うみにしずむ。うみにはいるつきをみて、なりひらのきみの、やまのはにけていれすもあらなむ（山の端逃げて入れずもあらなむ）、やまのはしのほうが、ばしょをずらして、このすばらしいつきがしずんでいくのを、なんとかじゃましてほしい、といううたがおもいだされる。もしなりひらのきみが、それをうみべでよんだとしたら、なみたちさへていれすもあらなむ（波立ちさへて入れずもあらなむ）、なみがおおきくたって、つきがうみにしずむのをさまたげておくれ、とでもよんだだろうか。いま、このうたをおもいおこして、あるひとが（つまりこの私が）こうよんだ。てるつきのなかるるみれはあまのかはいつるみなとはうみにさりける（照る月の流るる見れば天の川出づるみなとは海にざりける）、てりかがやくつきが、ながれるように、またなみだがながれるようにいどうして、なみのあいだにしずんでいく。それをみているとわかるのは、このだいちをながれるかわとおなじように、てんのかわ、すなわちあまのがわのながれが、さいごにたどりつくのも、かこうではなく、うみだったんだ、ということだ。

九日のあさまだき、おおみなとから、なは（奈半）のみなとをめざそうと、こぎだした。あのひともこのひとも、くにのさかいまではおみおくりします、といって、かわるがわるきてくれたのだが、なかでも、ふじわらのときざね、たちばなのすえひら、はせべのゆきまさなどは、いっこうのおさ（たる私）が、くにのつかさのやかたをでられたひからずっと、あちらのやど、こちらのやどと、あとをしたっておってくる。このかたたちこそ、さっていくくにのつかさに、こういをいだいていたかたがたなわけだ。そのおもいやりのふかさは、うみのふかさにもおとらないだろう。これからさきは、いよいよきしをはなれ、おきあいにこぎだしていく。それをみおくるために、あとをおってきてくれたのである。こぎすすんでいくにつれ、うみべにとどまっているひとびとのすがたも、ふねからとおくなった。ふねにのっているわたしたちのすがたも、はまからはみえなくなっているだろう。いま、きしでは、くちにだしていることばがあるだろう。ふねにのっているわたしたちのほうにも、いろいろかんじるところがある。でも、しかたがない。わたし（私）は、こんなうたをひとりくちずさむにとどめて、あきらめた。おもひやるこころはうみをわたれともふみしなければはしらすやあるらむ（思ひやる心は海を渡れどもふみしなれば知らずやあるらむ）。あのかたがたを、とおくからおもうわたしのこころは、うみをこえてとどく。ただし、とどくとはいっても、うみのうえをじぶんのあしでふみわたっていくわけでもない（酔いつぶれてふらつく足で十の文字を踏むように書けば文《ふみ》が届くわけでもないだろう）。そもそもてがみが、ふみがないのだから、こちらのきもちをしらせることもできないし、むこうもきづいてくれないだろう。そうこうするうち、宇多《うだ》(と、この地名のみは男文字で記したい。宇多は私にとって大切な方の名なのだ。どこまでもつづく松原のように、宇多天皇には長く生きていただきたかった。帝《みかど》の存在がなければ、宮廷歌人としてのいまの私はなかったであろう)のまつばらをとおりすぎていく。まつがいったいなんぼんあるのか、いくせんねんのときをへてきたのかも、わからない。その、まつのねもとにまで、なみがうちよせ、どのえだのうえにも、つるがとびまわっている。なんとすばらしいけしきだろう。ふねにのっているわれらがおさ(つまり私)は、ただそれをみているだけではきもちがおさまらず、こんなうたをよんだ。みわたせはまつのうれことにすむつるはちよのとちとそおもふへらなる(見渡せば松のうれごとに住む鶴は千代のどちとぞ思ふべらなる)。あのまつばらをみわたすと、どのこずえにも、つるがとまっている。まつのきのことを、せんねんたってもかわらないともだちだと、おもっているにちがいない。けれど、このうたも、げんじつのすばらしいけしきをまえにしたら、いかほどでもないのだ（当然である。そもそも屏風歌の詠み手は、実景に頼らないのだから。言葉の上だけの、虚の風景を、実に転じるのである）。このうつくしいけしきをながめながら、ふねをこぎすすめていくうち、やまもうみも、すっかりくらくなって、よもふけ、にしもひがしもはっきりしなくなる。てんきのことは、かじとりのおもうにまかせた。とはいえ、よるのふなたびになれていないものは、おとこでもこころぼそい。ましてわたしたちおんなは（ということにもなっているので）、ふなぞこにかおをつっぷし、こえをあげてなくばかりである。ところが、わたしたちがこわがっているのをしりめに、ふなこたちや、かじとりは、なんともおもわず、へいきでふなうたをうたっている。

はるののにてそ　ねをはなく　わかすすきに　てきるきる、つんたるなを　おややまほるらむ　しうとめやくふらむ　かへらや　よんへのうなゐもかな　せにこはむ　そらことをして　おきのりわさをして　せにもてこす　おのれたにこす（春の野にてぞ音をば泣く　わか薄に手切る切る　摘んだる菜を　親やまぼるらむ　姑や食ふらむ　帰らや　夜べのうなゐもがな　銭乞はむ　そらご

とをして　おぎのりわざをして　銭も持て来ず　おのれだに来ず）。はるのので、あのむすめが、こえをあげてないているよ、わかいすすきでてをきってさ、そこでかわりに、このおれが、おなじように、すすきのはで、てにいっぱいきずをつけながら、わかなをつんでやったさ、それを、おやがたべてしまうやら、しゅうとがむさぼりくうやら、しゅうとめがくらうやら、このくらいでもう、かえろうよ。それにつけても、ゆうべの、えりくびあたりで、かみをゆわえた、あのむすめは、またやってこないかな、かおをみせたら、おだいのぜにをくれといってやるんだが、うまいことこちらをだまして、あとではらうからなんていってさ、それなのに、ぜにはもってこないし、もどってきもしないさ。こんなふなうたはほかにもたくさんあったけれど、ここにはかかない。きいて、みなおもしろがり、こえをだしてわらう。そのわらいごえをきいて、うみがあれる。でも、おかげでわたしたちのきもちは、すこしおちついた。ひがすっかりおちるまで、こうしてふねをはしらせ、みなとについたところで、ろうじんがひとり、ろうばがひとり、とくにきぶんをわるくして、しょくじもおとりにならず、しずかにねてしまわれた（作中のわたしが、たとえこの舟歌を耳で完全に聴き取っていたとしても、文字で記録していなかったら、なにも残らなかっただろう。わたしという女が、これはおもしろいと思ってその場で書きとめておいたものを、いまここでは書かないと言いながらなお書いていることの矛盾。そして、その矛盾の正しさ。虚構のなかの人物であり、どこにもいてどこにもいない女が仮名文字をならべてくれなかったら、のちの世のだれひとり、こんな舟歌の存在を知らずにいるだろう。書かないという先鋭な嘘《うそ》を、架空の女は私の指図で実行に移している。ついでに、具合がわるくなって横になった翁《おきな》とはこの私自身であり、嫗《おうな》とは妻のことだ、としておこうか）。

十日。きょうはこの、なは、のみなとにとまった。

十一日。よあけまえにふねをだし、むろつ（室津）をめざす。みな、ふなぞこでよこになっているので、うみのようすはみえない。つきをみあげて、にしとひがしをみきわめるのが、せいいっぱいだ。そうこうするうち、すっかりよがあけて、ちょうずをつかい、いちにちのはじめにおこなう、おきまりのぎしきをあれこれかたづけていると、ひるになった。いま、ちょうど、はね（羽根）というところにきている（書いているいまと、この日記のなかのいまが、こうして重なる。また、書いたものを読み直している私の目には、仰向けに眺めた夜空の絵が映じている）。おさないこが、そのちめいをみみにいれ、はねって、とりのはねみたいなところなの、とたずねる。まだいとけないこどものいうことだから、みなおもしろがってわらう。そのとき、このまえうたをよんだ、おさないおんなのこが、またこんなうたをよんだ。まことにてなにきくところはねならはとふかことくにみやこへもかな（まことにて名に聞くところ羽根ならば飛ぶがごとくに都へもがな）。ここがそのなのとおりの、はね、というところならば、はねではばたいてとんでいくみたいに、はやく京にかえりたいなあ。さほどよいうたではないけれど、おとこもおんなも、なんとかはやくみやこへもどりたいとねがっているせいなのか、きもちはわかる。そうおもって、このうたがわすれられないのだ。はねという、とちのなのことをたずねたおんなのこをみるにつけ、なくなったこのことが、またおもいだされる（いったいだれに、思い出されるというのか。わたしに。わたしたちに。作中でわたしといったり、わたしたちといったりしている、この私に）。いつになれば、わすれられるというのだろう。その、こどもをなくしたははおやの、きょうのかなしみようといったらない。京から、いきなさい、とめいじられたくにへ、くだっていったときにいたかぞくのかずが、へっている。ふるいうたに、かすはたらてそかへるへらなる（数は足らでぞ帰るべらなる）、とあるのをおもいだして（この古歌というのは、北へ行く雁ぞ鳴くなる連れてこし数は足らでぞ帰るべらなる、のこと。北へ帰る雁が鳴いている、いや涙を流して泣いている。共に渡って来た群れの仲間の数が足りないまま、彼らは帰っていくようだ、との意）、あるひとが（私が）こんなうたをよんだ。よのなかにおもひやれどもこをこふるおもひにまさるおもひなきかな（世の中に思ひやれども子を恋ふる思ひにまさる思ひなきかな）。あれこれかんがえてみても、このよでは、さきにしんでしまったこをおもう、おやのこころほど、つらいものはない。そうなげきながらすごした（あまりに悲しく切ない一場だ。しかし、私はなぜ、こんな場面を描いたのか。我が子を亡くしたからだと、そんなせりふが舌の先まで出かかっているのだが、それは言わない。断言できない。なぜなら、この一節を書くにあたっても、あくまで言葉が、先人のうたが先にあったからだ。帰雁のうたは、私が古今和歌集の羈旅《きりよ》に収めたものだ。その前に並べたのは、業平《なりひら》の君の、名にし負はばいざこととはむ都鳥《みやこどり》わが思ふ人はありやなしやと、の一首である。その名に都をふくむ鳥。おまえなら都の消息を知っているであろう。答えてくれ、私が大切に思っている妻は、生きているのか、いないのか。伊勢物語でも引かれている、もののあはれも知らぬ渡守に急かされたときに詠んだこのうたの回答は宙づりにされている。架空の世界ではあれ、不安は残されたままだ。都鳥から雁への流れ。数は足らでぞの調べは、すでに禍々しい。私が入り込んだのはこのふたつのうたのあいだの、引き裂かれるような空白だったのである。題しらず、よみびとしらずの雁のうたは、京から地方へ移り住んだ夫婦の、夫がその地で亡くなり、妻ひとり帰京することになった、その折に詠まれたとの詞書《ことばがき》がある。あのひとが、あの子が、楽しく過ごした家族や仲間たちと、ともに帰ることができない。おなじ場所、おなじ時代には、もう戻れない。ぴたりと静止した絵のように遠目でとらえられていたのは、言葉であり、うただった。そこに亡き子という、ここにあって、しかもここにない存在を埋め込んだのである。この子は、もちろん、実在する。この虚構のなかに。現実にいようがいまいが、私がこの日記に託した世界の真実においては、なんら問題にならないだろう。帰路の一行のなかに、大切な子はいない。いたとしてもいないことになっている。それだけの話である)。

十二日。あめはふらない。ふんとき（漢字でしるせば文時、つまり息子の名をひっくりかえしただけのことだ。時文は時の文。時間の文。遅れて届く便りを読むことのできる者、かもしれない）、これもちのふねがおくれていたが、ようやく、ならしづ（奈良志津）からむろつについた。

十三日のあけがたに、すこしあめがふる。しばらくのあいだふって、それからやんだ。みずをあびようと、おんなたちはいちようにふねをおり、つれだって、ひとからみられないようなところをさがしにいく（語り手がわたし、すなわち女なら、いっしょに身体を洗いに行くだろう。しかし、わたしとは男の私でもあるから船に残る。すると、やはり、そちらに目がいく。こんなことをわざわざ記すのは、海から浜に視線を向けているのがだれなのか、自分でもわからないからである）。そして、うみのほうをながめて、うたをよんだ。くももみななみとそみゆるあまもかないつれかうみととひてしるへく（雲もみな波とぞ見ゆる海人もがないづれか海と問ひて知るべく）。うみのほうをみると、そらにうかぶくもは、どれもこれも、しろいなみのようにみえてくる。だれか、はまではたらいているひとはいないものか、もしいたら、あまのがわのあまなら、そらのこともうみのこともわかるだろうし、どちらがうみなのかおしえてほしいと、たのむことができるのに。もう、こんげつも、とおかをすぎているので、つきはとてもあかるい。ふねにのりこんだひからずっと、おんなたちは、くれないの、いろのこい、しつのよいきものをきていない。もとより、おんながふねにのるのは、このましいことではない。きれいなふくをきないのは、うみのかみさまにみいられるのを、おそれてのことである。しかし、このときはもう、なにがあし（蘆）きものか、いや、なにがあし（悪し）きものかとこころをきめ、もうしわけていどにかたまった、わずかなあしのかげにかくれて、からだをあらうのにむちゅうになるあまり、つい、すそを、ひざよりもたかく、まくしあげてしまった。おかげで、ほや（老海鼠）にあわせるいがい（貽貝）や、すしあわび（鮨鮑）が、つまり、あからさまにいうなら、とのがたの、とのがたたるゆえんのものにあわせるための、わかいむすめ、あるいはとしをとってはいてもまちがいなくおんなのひめたるばしょが、うみのかみさまのまえで、まるみえになってしまった（見てしまったのは女としてのわたしではなく、また、作中の元国司たる私でもなく、その背後にいるこの私なのだが、この一場にもじつは、先行するうたがあるのだ。すべて誦《そら》んじているわが古今和歌集の雑躰《ざつてい》、それも誹諧歌として笑えるように収めた、あの兼輔《かねすけ》殿の、七月六日、たなばたのこころをよみけるという詞書のある、いつしかとまたく心を脛《はき》にあけて天の川原を今日や渡らむ、があっての発想なのである。このうたを、私はとても愛した。いかにも兼輔殿らしい、艶と笑いのある世界だから。いつやってきてくれるのかと、恋しい彦星の訪れを待ちきれず、着物の裾をたくしあげてまで川を渡ろうとした織姫が、勢いあまってついだいじなところを、という絵を拝借したのである。しとどに濡れた藻《も》に、おおわれている赤貝に、私がよい年をして興奮したからではない。見えてしまっただけで、私は見ようとしたわけではない。兼輔殿の機知をなつかしく思い起こし、家人としての得がたい日々を失ったいまの私の、やり場のない悲しみを、笑いに紛らわしたかっただけだ。言うまでもなく、これは一幅の、想像上の屏風絵である。種を仕込み、子を宿すための老海鼠と貝があっても、失われた子は戻ってこない。誹諧歌のおかしみは、死の位相と紙一重。くわしくは述べないが、私はそれを、痛いほど知っている。胎貝や鮨鮑の穴は、なかが空っぽの、不吉な洞穴を連想させる。寒空のもとで女たちがまとっているうすものは、経帷子《きょうかたびら》そのものだ)。

十四日。あさがたから、あめがふったので、おなじところにていはくしている。ふねのあるじ、つまりいっこうのおさ(たる私)が、しょうじんをする。といっても、それにひつようなやさいがないのでひるでおしまいにして、しょうごからあとは、きのう、かじとりがつりあげたたい(鯛)で、しょうじんおとしをされた(された、という以上、いまわたしはふたたび、あるじに敬語を用いるべき立場になっている)。おかねがないので、おかえしにこめをあたえたが、そんなことがこのあとにも、たびたびあった。かじとりがまた、たいをもってくる。さけやこめを、そのつどあたえる。かじとりはもちろん、じょうきげんだ(こんなことが、たびたびあった、とわたしは書いている。作者たる私は、もう少し先の、二月八日の項で、おなじ話題を繰り返すことを知っている。この日記は、下書きを見ながら整序した全体を一息に書き写したものであって、その日その日にしたためているわけではない。国司が運んできた物資は不当に得た品だと思い込んでいる者たちが、礼を尽くすふりをしてたかりにくるのだ。先月、出立の日に、そのよしいささかものにかきつく、としたときの、そのよしとは、当日の遅れの理由だけではなく、これから書かれる旅のことを示してもいた。というのも、このような書法は、すでに終わっている旅を振り返る視点を持たないかぎり、成立しないからである）。

十五日。きょうは、あずきがゆを、にるはずだったのに、それができない。むねんなのは、そのことだけではない。やはりてんきがわるく、なかなかうごけず、いざるみたいに、ふねのはらが、みなそこをするように、すすむしかなかったのだ。きづいてみると、しゅっぱつしてから、もう、はつかいじょうたっている。いちにちじゅう、だらだらとなにもしないで、ただうみをながめるばかりだ。おんなのこがいう。たてはたつゐればまたゐるふくかせとなみとはおもふとちにやあるらむ（立てば立つ居ればまた居る吹く風と波とは思ふどちにやあるらむ）。かぜがたてば、なみがたち、かぜがおさまれば、なみもおさまる。ということは、なみとかぜは、なかよしなのかな。まだみぎもひだりもわからない、おさないこどもがよんだうたとしては、まことにしっくりくる。

十六日。かぜもなみも、しずまらないので、まだおなじみなとにとまっている。うみのなみには、なんとかおさまってもらって、いっこくもはやく、みさき（御崎）というところをこえたい、とおもうのだが、かざなみはすぐにやみそうもない。あるひとが（この私が）、なみのたつのをみて、こうよんだ。しもたにもおかぬかたそといふなれとなみのなかにはゆきそふりける（霜だにもおかぬかたぞと言ふなれど波のなかには雪ぞ降りける）。ここがしもさえふらない、あたたかいみなみのくにであるとはいうものの、なみのなかには、ほら、しろいゆきがふっているではないか。ふねにのりこんでから、きょうでにじゅうごにちすごしたことになった（しもたにもおかぬかたそといふなれと、と作中のわたしは、濁音なしで文字にしている。漢字で書かれてはいないのだから、しもたは下田でも志茂田でも霜多でも霜田でもいい。そう考えうるのは、あたまのなかでの、男文字への転換が前提になっているからだ。ただし、私が下ではなく霜の一字を第一に選びうるのは、白氏文集《はくしもんじゅう》巻十六の一節にある、誰カ言フ南国霜雪無シト、という文言に親しんでいて、それを踏まえていることを知っているからだ。古歌を引くばかりではない。漢籍の詩句をうたに転ずるのは、私の仕事のひとつである。南国に霜を降らせるのは、波頭でも不順な天気でもなく、言葉でしかない)。

十七日。ずっとくもっていたそらがはれて、あかつきのつきよが、じつにおもむきふかい。そこで、ふねをこぎだした。くものうえにも、うみのそこにも、つきのひかりがかがやいて、どちらともみわけがつかないほどだった。なるほど、だからこそむかしのひとは、さをはうかつ　なみのそこのつきを　ふねはおそふ　うみのうちのそらをとよんだのだろう（棹ハ穿ツ波ノ底ノ月ヲ、舟ハ圧フ海ノ中ノ天ヲ、船の棹は波の上の月を突き、船は海に映えた空をおさえつける。これは唐の詩人、賈島《かとう》の詩句だが、正しくは、波ノ上ノ月、であり、また水ノ中ノ天。わたしは女文字しか知らず、漢詩には疎い、ということになっている。しかし上と底を、海と水を、空と天とを入れかえるのは、無学どころか詩心を解する者ならではの機転と言うべきだろう。勿論《もちろん》、この私のというようりうたの手柄である）。わたしに、からうたはわからない（だから、漢字を書き取ることはできないという創作のうえでの縛りが生まれる）ので、ききかじったものを、こうしてかなもじでかきとめただけである。また、あるひと（私）は、こうよんだ。みなそこのつきのうへよりこくふねのさをにさはるはかつらなるらし（水底の月のうへより漕ぐ船の棹に触るは桂なるらし）。みずのそこにうつっている、つきのうえを、ふねはこぎすすんでゆく。そのふねのさおがふれているのは、つきにはえているという、かつらのきなのだろう。このうたをきいて、またべつのだれか（言うまでもなく、この私）がこうよんだ。かけみれはなみのそこなるひさかたのそらこきわたるわれそわひしき（影見ればの波の底なるひさかたの空漕ぎ渡る我ぞわびしき）。みなもにうつっている、つきのひかりをみると、なみのそこにも、そらがひろがっているようにみえる。

そのはてしないそらのごときうなばらを、ふねをこいでわたっていくのかとおもうと、わがみはなんとたよりなく、またさみしいことだろう。こんなことをいっているうち、よるがだんだんあけていく。ところが、かじとりたちは、きゅうに、くろいくもがたちこめてきたぞ、かぜがふいてくるにちがいない、いまのうちにひきかえそう、といって、ふねをもとのみなとにもどしてしまった。そのうちあめがふりだした。ひどくわびしい（ここでもまた、賈島の詩句を下敷にしている。それなくして、この一節はなりたたない。水底のうたは、もちろんかつて私自身が詠んだ、水底に影さへ深き藤の花花の色にや棹は差すらむ、と響きかわすものである。舟を浮かべた池に、藤の花が映っている。その色は深い水底まで届いている。水だけでなく、そこにひろがる藤の花の色にまで棹を差しながら、舟は進んでいくのだろうか。桂の木は、水の表面にあるだけではない。ぬるい温度で、ゆっくりと、深く浸透しながらひろがるやけどのように、海を、私の心をひたしていく。鏡面を境に、天と地をひっくり返すときのめまいに似た感覚は、けっして陸の上で味わうことができない。不安定な船旅と水があってこそ、こうした心境を述べることができるのだ。私が陸路の旅を描かない理由のひとつは、まさにそこにある。波瀾万丈《はらんばんじょう》が恋しいのではない。心の平面を微妙に揺るがす、危機の波が望ましいのである）。

十八日。やはりおなじところにいる。うみがあれているので、ふねはださない。このみなとは、とおくからながめても、ちかくからみても、じつにおもむきがある。とはいえ、こころはいんうつで、きのきいたうたひとつ、うかんでこない。おとこたちは（ここでまた、私は女になる）、きばらしのつもりか、からうたなどをぎんじているらしい。ふねもださないし、なにもすることがないので、からうたのかわりに、やまとうたをよむとのがたもいた。いそふりのよするいそにはとしつきをいつともわかぬゆきのみそふる（磯ふりの寄する磯には年月をいつともわかぬ雪のみぞ降る）。あらなみのうちよせるいそには、きせつをとわず、しろいなみのゆきがふりかかっている、と。これは、ふだんやまとうたなどよまないひと（これも私なのだが、磯ふりといえば、古今集で、いそのかみふるのなかみち、と詠んだことがある。あれは石上の布留。神のいる場所だ。荒れた海を鎮めてくれると願いでもしただろうか）がよんだものである。またべつのひとが、こんなうたをよんだ。かせによるなみのいそにはうくひすもはるもえしらぬはなのみそさく（風に寄る波の磯には鶯も春もえ知らぬ花のみぞ咲く）。かぜがふき、なみのうちよせるいそべには、うぐいすにも、はるにもきづかずにいるはな、きせつとはむかんけいの、なみのはなばかりさいていることだ。このふたつのうたをきいて、なかなかいいできばえだとおもった、ふねのおさたるおきな（であるところの私）は、このところのうさをはらすかのように、こうよんだ。たつなみをゆきかはなかとふくかせそよせつつひとをはかるへらなる（立つ波を雪か花かと吹く風ぞ寄せつつ人を謀るべらなる）。きしにうちよせるしろいなみしぶきは、もうゆきなのか、はななのかも、くべつできない。まるでかぜがみなのめをくらましているようだ。こんなうたをめぐって、あれこれおもうところをいいあっていると、じっとそれにみみをかたむけていたひとが、ではじぶんも、とよんでみせた。ところが、そのうたのもじは、なんと、さんじゅうななもじだったのである。あまりのことに、みなふきだしてしまったらしい。よんだひとは、すっかりきぶんをがいして、ぶつくさもんくをいっている。このうたは、くちでまねしようとしてもできない。かきとめることができたとしても、いみがとおるようによむのはむずかしいだろう。たったいまきいたばかりの、きょう、このひでさえ、うまくふくしょうできないのだから、ときがたったら、なんのことだかわからなくなるにちがいない（とは言いながら、しっかりそのうたを聴きとって、わたしは、そして私も、文字数をきちんと数えている。真似《まね》ようと思えばもちろん真似られるのだ。しかしうたのできがあまりにひどくて、書きとめるに値しないだけのことである。三十一文字を六文字もはみだすようなうたは、私の認めるやまとうたではない）。

十九日。てんきがわるいので、ふねはださない。

二十日。きのうとおなじく、ひどいてんきなので、ふねをださない。みなしんぱいして、なげいている。きぶんもはれず、ふあんばかりつのるので、たびだってからのひのかずを、きょうでなんにちめだ、はつかだ、さんじゅうにちだ、とかぞえてみる。そのかずがあまりにおおくて、ゆびがいたくなってしまいそうだ。いきしょうちんするほかない。よるもやすらかにねむることができない。そうこうするうち、はつかのよるのつきがでてしまった。うみにはやまもないから、やまのはもない。つきは、うみのなかからのぼってくるのだ。むかし、あべのなかまろ、というひとがいて、とう（唐）のくににわたったのだが、いよいよきこくするというだんになったとき、ふねがでるところで、かのくにのひとびとが、そうべつのうたげをひらき、わかれをおしんで、うたをよんでくれた。これがほんとうの、まごうかたなきからうたである。それでもなごりおしかったのだろう、はつかのよるのつきがでるまで、かれらはともにすごしたのである。ちょうどいまわたしたちがみている、こんなつきをまえにしてのことだったろうか。そのとき、つきは、うみからでたのである。それをみて、なかまろどのは、わたしのくにでは、このようなうたを、かみよのむかしから、かみごじしんもおよみになり、いまでは、みぶんのたかいひとも、なかほどのひとも、ひくいひとも、すべてのものが、わかれをおしんだり、かなしみやよろこびをかんじたりするときによむのです、といって、こんなうたをよんだ。あをうなはらふりさけみれはかすかなるみかさのやまにいてしつきかも（青海原振りさけ見れば春日なる三笠の山に出でし月かも）。うみのかなた、はるかとおくのそらをみあげると、つきがかがやいている。あれこそ、わがここくの、みかさやまにのぼったのとおなじつきではないか。とうのくにのひとには、やまとうたなどきかされても、わからないだろうとおもわれたのだが、なかまろどのが、おおすじを、おとこもじで、すなわちかんじでかきだし、ここくのことばをおしえたつうやくに、せつめいしてきかせたところ、いみがつうじたのか、おもいがけないことに、ほめてくれた。とうのくにと、わたしたちのくにとでは、ことばこそちがうけれど、つきのひかりはおなじなのだ。たぶん、ひとのこころも、おなじなのだろう。さて、いま、そのむかしをおもいやって、あるひとが（私が）こんなうたをよんだ。みやこにてやまのはにみしつきなれとなみよりいでてなみにこそいれ（都にて山の端に見し月なれど波より出でて波にこそ入れ）。みやこでは、やまのはしのほうでみたつきだけれど、ここではなみからでて、またなみにはいっていくのだな、といううただった（唐で官位を得るほど語学に長《た》けた方が、そのような状況であえてうたをよみ、しかもそれを通事に訳させる必要はないはずである。ここに仲麻呂《なかまろ》の逸話を記したのは、もっぱら、からうたとやまとうたを対比したかったからだ。仲麻呂の眼前にひろがっていたのは、はるかな海である。私はすでに古今和歌集の羈旅のなかで、仲麻呂のうたを並べている。そこでは、青海原ではなく、天の原であった。わざわざ海原に置き換えた理由は、はっきりしている。私はその一点を除いて、逸話の大半を古今和歌集の詞書から引いたのである。それを引くために海と月を持ち出したのだ。心をいかに伝えるか、そして、からうたとやまとうたをいかに往還するか。それを考えてみたかった。望郷の念はつよい。しかし、ただ月が美しく、ただ故国がなつかしいというだけの話ではない）。

二十一日。あさのろくじころに、ふねをだす。ほかのひとびとのふねも、みなでていく。そのさまはまるで、はるのうみに、あきのこのはがちったかのようだった。なみたいていではない願かけのききめがあったのか、かぜもたたない。はれわたったそらのもと、ふねをこぎすすめていく。ところで、みやこでおつかえしたいといって、おとこのこがひとり、わたしたちについてきていた。そのこが、ふなうたをうたう。なほこそくにのかたはみやらるれ　わかちちははありとしおもへは　かへらや（なほこそ国の方は見やらるれ　我が父母ありとし思へば　帰らや）。やっぱり、ふるさとのほうをふりかえってしまうな、とうさんかあさんがそこにいるとおもえばさ、かえろうかな。このうたは、わたしたちのむねをうった。こんなふうに、ふなうたをききながら、こぎすすめていくと、くろとりというとりが、いわのうえにたくさんとまっていた。そのいわすそに、なみがしろくうちよせている。かじとりが、くろきとりのもとに、しろきなみをよす、などという。なんということもないせりふだが、ちょっときのきいたふうにきこえた。かじとりというみぶんには、ふにあいなちょうしだから、かえってこころにのこる（女のわたしにも男の私にも、船頭を下に見るような気持ちがある。歌詠みとしての私はとくに、なにごとにつけ京の価値観を中心に据えたものの見方にとらわれているところがある。それは素直に認めておこう。人の程に合わない、こういう仕事についている者にそぐわない。そう感じる自分を好ましく思わないなら、私のうたも変わっていったはずだ）。そんなはなしをしているあいだにも、ふねはすすんでいく。ふねのきみ、つまりふねのおさ（たる私）が、なみをみていった。にんごくをでてこのかた、かいぞくがしかえしをしにくるとのうわさをみみにして、それがきになってしかたがなかった、そもそも、うみじたいがおそろしいのだ、おかげでかみがまっしろになってしまったよ、ななじっさい、はちじっさいなんてろうねんは、じつは、うみのうえで、むかえるものだったのだな。そして、こんなうたをよんだ。わかかみのゆきといそへのしらなみといつれまされりおきつしまもり（わが髪の雪と磯べの白波といづれまされり沖つ島守）。ゆきのようにしろいわたしのしらがと、いそべによせるしらなみのしろと、どちらがよりしろいか、さあ、おきのしまもりよ、さあ、わがかじとりよ、かえしのうたで、こたえてみるがいい。

二十二日。きのうのよるにいたみなとから、べつのみなとをめざしてゆく。はるかとおくに、やまがみえる。いっこうのなかに、ここのつくらいのおとこのこがいる。としのわりに、おさない。ふねがこぎすすむにつれ、やまもうごいているようにみえることに、このこがきづいて、おどろくなかれ、だんしたるもの、からうたをぎんずるならともかく、うたをよんだ。こんなうたである。こきてゆくふねにてみれはあしひきのやまさへゆくをまつはしらすや（漕ぎてゆく船にて見ればあしひきの山さへ行くを松は知らずや）。こいでいくふねのうえからみると、とおくのやまも、いっしょにうごいていく。それを、まつのきは、しらずにいるのかな。おさないこどもがよんだうたとしては、このくらいのものだろう。きょうは、うみがあれもようで、いそべにはまた、しろいなみが、ゆきでもふったようにさいている。あるひとが（私がだ）、こんなふうによんだ。なみとのみひとつにきけといろみれはゆきとはなとにまかひけるかな（波とのみ一つに聞けど色見れば雪と花とに紛ひけるかな）。みみできいているだけでは、なみのおとしかしないけれど、いろをみると、どちらもまっしろで、ゆきにもはなにもみまちがえてしまうよ。

二十三日。はれのちくもり。このあたりは、かいぞくがおいかけてくるというので、かみさまほとけさまの、ごかごをいのる。

二十四日。きのうとおなじところにいる。

二十五日。かじとりたちが、きたかぜがふいてよくないというので、ふねはださない。かいぞくがおってくるといううわさが、たえずみみにはいってくる。

二十六日。うそかまことか、かいぞくがおってくるというので、やはんをすぎたころからふねをだして、こぎすすめる。とちゅう、かいろのあんぜんをねがって、かみにぬさ（幣）をささげるところがある。かじとりにめいじて、ぬさをほうのうさせると、そのぬさがひがしのほうにちった。そこでかじとりは、かみにこうもうしあげた。このぬさがちったほうがくに、ふねをはやくこがせてくだされ。それをきいて、そばにいたおんなのこが、こうよんだ。わたつみのちふりのかみにたむけするぬさのおひかせやますふかなむ（わたつみの道触《ちふ》りの神に手向けする幣の追風やまず吹かなむ）。うみのみちのあんぜんをつかさどる、ちふりのかみにささげた、このぬさをなびかせているおいかぜよ、どうかこのままふきつづけてほしい。すると、かぜのぐあいがとてもよくなった（ちからをもいれずして、あめつちをうごかし、めにみえぬ鬼神をも、あはれとおもはせ、と仮名序にあるとおりだ）。かじとりはおおいばりで、ほをあげろ、などといってよろこぶ。その、ほのはためくおとをきいて、こどもも、としおいたおんなも、ひどくよろこぶ。はやくみやこにもどりたいと、それはばかりねがっているからだろうか。なかに、あわじのおばばという、としをとったおんなのひとがいて（まあ、これも私なのだが）、こんなうたをよんだ。おひかせのふきぬるときはゆくふねのほてうちてこそうれしかりけれ（追風の吹きぬるときはゆく船の帆手打ちてこそ嬉しかりけれ）。おいかぜがふいてきたときは、はしってゆくふねが、てをうちならすみたいに、ほをならしてうれしがっている。それとおなじように、わたしたちもてをたたいて、よろこんでいるのだよ。みな、なにかにつけて、てんきがよいことをいのる（海には道祖神《どうそじん》も道しるべもない。それでも、道触りとしてのちふりの神に祈りたい気持ちを表したこの一首は、私の旧作からの借用だ。行く今日も帰らんときも玉鉾のちふりの神を祈れとぞ思ふ。つまり、京を発つときも、京へ帰るときも、道中の安全をちふりの神に祈りなさい、祈ったほうがいい、と私は思う。そんなふうに詠んだ旅の不安の、そのちふりである）。

二十七日。かぜがふいて、なみがあらいので、ふねはださない。わたしのちかくにいるひとからも、あちらのほうにいるひとからも、くちをついてでてくるのは、ためいきばかりだ。おとこたちが、きばらしにからうたをぎんじている。ひをのぞめば　みやことほし（日ヲ望メバ都遠シ）、などといっているらしい（李《り》太白《たいはく》詩集巻十五に曰く。遥カニ長安ノ日ヲ望メバ、長安ノ人ヲ見ズ、長安ノ宮闕《キユウケツ》九天ノ上。晋《しん》の時代、明帝《めいてい》がまだ幼かった頃、長安《ちょうあん》と太陽を比べてこう言った。太陽からやってくる人はいないけれど、長安からは来る。だから、長安のほうが近くにある。翌日、今度は逆に、太陽は見えるけれど、長安は見えない、だから、太陽の方が近くにある、と述べた。どちらの見方も理にかなっているとして、帝の才気をたたえるものだ。そんな故事を踏まえた詩句を、男たちは念頭に置いている。しかし筆記者としてのわたしは、その男文字の世界に触れることができない。記しうるのは、仮名文字だけである）。そのからうたのあらましをきいて、あるおんなのひとが（私が）、こんなうたをよんだ。ひをたにもあまくもちかくみるものをみやこへとおもふみちのはるけさ（日をだにも天雲近く見るものを都へと思ふ道のはるけさ）。とおいところにある、あのたいようでさえ、そらにうかぶくものちかくにみえている。それなのに、みやこへのみちの、なんととおいことか。また、べつのひとが（やはり私が）、こんなふうによんだ。ふくかせのたへぬかきりしたちくれはなみちはいととはるけかりけり（吹く風の絶えぬ限りし立ちくれば波路はいとど遥けかりけり）。ふいているかぜがやまないかぎり、たかなみも、たえることがない。ふなじはますますとおくなるばかりで、いちにちじゅう、かぜがやまない。まよけのまじないの、つまはじきをして、ねてしまった。

二十八日。ひとばんじゅう、あめがやまなかった。けさも、である、

二十九日。ふねをだして、かいろをゆく。うららかにてるひのもとを、こいでいく。つめがすっかりのびていることにきづく。ひをかぞえてみたら、きょうはねのひ（子の日）にあたっていた。つめをきるのは、うしのひ（丑の日）ときまっている。だから、きらない。しょうがつなので、ねのひにおこなう、こ

まつひき（小松引き）や、わかなつみのことを、だれからともなくいいだす。ちいさなまつのきがあればなあ、といくらなげいても、ここはうみのまんなかだから、せんないことである。あるおんなのひとが、そんなおもいを、うたにかきつけた。おほつかなけふはねのひかあまならはうみまつをたにひかましものを（覚束な今日は子の日か海人ならば海松《うみまつ》をだに引かましものを）。まったくたよりないことだ、ほんとうにきょうはねのひなのだろうか、わたしがもし、あまだったら、ねのひのまつにちなんで、せめて、かいそうのみる（海松）でもひいてみたい、などという。うみでむかえたねのひ、というおだいでよんでいるのに、これはいかがなものであろうか（わたしは、そして私も）あまりかんしんしない。また、あるひとは、こんなふうによんだ。けふなれとわかなもつますかすかののわかこきわたるうらになけれは（今日なれど若菜も摘まず春日野の我が漕ぎ渡る浦になければ）。きょうは、まさしくねのひだ。ところが、まつはおろか、わかなもつまない。とうぜんだ。こぎすすんでゆくこのうらには、わかなをつむ、かすがのなんてないのだから。こんなふうにいいながら、ふねをすすめていく。けしきのすばらしいところに、ふねをよせる。ここはどこかと、ひとにたずねてみると、とさのとまり（土佐の泊）だという。まえに、とさ、とよばれるとちにすんだことのあるおんなのひとが、たまたまわたしたちのなかにまじっていた。むかし、しばらくすんでいたことのあるところと、おなじちめいなのです、ほんとうになつかしくて、とおんなのひとはいって、うたをよんだ。としころをすみしところのなにしおへはきよるなみをもあはれとそみる（年ごろを住みし所の名にし負へば来寄る波をもあはれとぞ見る）。むかし、なんねんもすんだとちと、おなじなをもつところだから、よせくるなみをみているだけで、もうしみじみしてくるのです（私はこの文書に土左日記という表題を付した。土佐と記したことはない。また、一行の旅が土佐から始まったとも明記していない。出発点はどこにもないのだ。とすれば到着するところも、実在の場所でない可能性がある）。

三十日。あめもふらず、かぜもふかない。かいぞくは、よるにうごきまわったりしないものだときいて、やはんすぎにふねをだし、あわ（阿波）のかいきょうをわたった。よなかだから、にしもひがしもけんとうがつかず、おとこもおんなも、いっしんに、かみさまほとけさまにいのり、なんとかわたりきる。あさのごじごろ、ぬしま（沼島）というところをすぎて、たながわ、というところをわたる。とにかくいそいで、いずみのなだ（和泉の灘）、というところについた。きょうは、うみになみらしいなみがない。かみやほとけの、おめぐみがあったのだろう。ふねにのったひからかぞえて、これで、さんじゅうくにちになった。いずみのくにまでたどりついたからには、かいぞくなんぞ、もうおそれるにたらない。

二月一日。あさのうち、あめがふる。おひるころにやんだので、いずみのなだ、というところからこぎだす。うみのうえは、きのうとおなじく、かぜもなみもない。くろさき（黒崎）のまつばらをすぎてゆく。くろさきというちめいには、くろがふくまれ、まつのいろはあおく、いそのなみはゆきのようにしろく、かいがらはすおういろだから、ごしきには、あときいろがひとつたりないだけだ。ところできょうは、はこのうら（箱の浦）というところから、ふねをひくおとこたちをきしにあがらせ、ふねはひきづなでひいてゆく。そうやってすすんでいくうち、あるひとが（私が）こうよんだ。たまくしけはこのうらなみたたぬひはうみをかかみとたれかみさらむ（玉櫛げ箱の浦浪立たぬ日は海を鏡とたれか見ざらむ）。はこのうらに、なみがたたないひは、くしをいれるかがみのはこではないけれど、まるでかがみのようにたいらかだと、だれもがおもうでしょう。また、おさであるふねのきみ（これまた私だ）は、とうとうにがつになってしまった、とためいきをつき、くるしいむねのうちを、どうしてもおもてにだしたくなって、ほかのかたがたもおやりになっていることだしと、きばらしにこうよんだ。ひくふねのつなてのなかきはるのひをよそかいかまてわれはへにけり（曳く船の綱手の長き春の日を四十日《よそか》五十日《いか》まで我は経にけり）。ひきふねのつなのように、ながいながいそのはるのひを、よんじゅうにちも、ごじゅうにちも、なんとむなしく、うみのうえですごしてしまったことか。それをきいて、なぜこんな、はしにもぼうにもかからない、ちんぷなうたをよむのだろうと、かげでこそこそわるくちをいっているひともいたらしい。しかし、ふねのおさは、ようやくのことひねりだしたこのうたを、まんざらでもないとおもっておられるのだ。そんなことをいったら、おうらみになる。そうかんがえて、けっきょく、なにもいわずにいた（と、こうして私は、自分で自分を突き放してみるために、わたしの力を借りているのである）。かざなみが、きゅうにはげしくなったので、ちかくのみなとにとどまった。

二日。あめかぜがやまない。いちにちじゅう、そしてよどおし、かみ、ほとけの、ごかごがありますように、といのる。

三日。うみのうえのようすは、きのうとかわらないので、ふねはださない。かぜがひっきりなしにふきつづけ、なみが、きしにさかまく。こんなじょうたいで、わたしが（すなわちこの私が、かつて詠んだ、緒を縒《よ》りて貫《ぬ》くよしもがな朝ごとに菊の上なる露の白玉、というのうた、毎朝、菊の上に置かれる白玉のような露を麻の糸を縒って一つにつなげることができたらいいのに、といううたを念頭に置きながら）、こんなふうによんだ。をよりてかひなきものはおちつもるなみたのたまをぬかぬなりけり（緒を縒りて甲斐なきものは落ち積もる涙の玉を貫かぬなりけり）。どんなにじょうぶないとをよっても、かいのないことだ。ちちとしてすすまないふなたびがつらくて、おもわずながれる、このたまのようななみだに、そのいとをとおして、こぼれおちないようにすることなど、できはしないのだから。こうして、きょうのひも、くれてしまった。

四日。かじとりが、きょうはかぜのようすも、くもゆきも、えらくわるいといって、けっきょく、ふねはださないことになった。ところが、じっさいには、しゅうじつ、なみもかぜもたたなかったのである。このかじとりは、てんきをよむことさえできない、ろくでなしだったのだ。いまとまっているみなとのはまには、いろんなしゅるいの、うつくしいかいや、うつくしいいしが、たくさんある。みな、はまにおりて、それをひろいあつめている。しかし、こどもをなくしたひとは、ふねにのこり、そのようすをみて、とにかくしんだこがこいしくてたまらず、こんなふうによんだ。よするなみうちもよせなむわかこふるひとわすれかひおりてひろはむ（寄する波打ちも寄せなむ我が恋ふる人忘れ貝下りて拾はむ）。よせくるなみよ、こいしくてたまらないひとを、わすれることができるというあのわすれがいを、どうかはまにうちよせておくれ、そうしたら、このふねをおりて、わたしもひろってみるから。そんなふうによむのをきいて、そばにいたひと（私だ）がかんにたえず（本来なら漢詩を吟じるべき状況なのに）、ふなたびで、ほかにやることもなかったのか、こんなふうにうたをよんだ。わすれかひひろひしもせししらたまをこふるをたにもかたみとおもはむ（忘れ貝拾ひしもせじ白玉を恋ふるをだにもかたみと思はむ）。あのかいは、わすれがいといって、しんでしまったこを、わすれることができるという。でも、わたしはそんなものを、ひろったりはしない。しらたまのようにあいらしいあのこを、こころのうちでしのびさえすれば、それだけでもう、かたみになる、とおもいたいから。むすめのことになると、おやのほうがついいっしょうけんめいになって、ふんべつをなくしてしまうのだろう（兼輔殿のうたに、人の親の心は闇にあらねども子を思ふ道に惑ひぬるかな、とあるとおりではないか）。たまのようにうつくしいとは、さすがにほめすぎだ、とひはんてきなこえもあろう。しかし、しんだこどもは、あいらしいかおをしていた、というこどわざもあるのだ。きょうもやはり、おなじところでいちにちをすごすのをなげいて、あるおんなのひとが（私が）、こうよんだ。てをひててさむさもしらぬいつみにそくむとはなしにひころへにける（手を漬てて寒さも知らぬ泉にぞ汲むとはなしに日頃経にける）。いずみといっても、なばかりで、じっさいには、みずなどありはしない。てをひたしても、つめたさをかんじられるわけではない。そんないずみというとちで、みずをくむでもなく、ただいたずらにひをかさねてしまった、と。

五日。きょう、ようやくのこと、いずみのなだをでて、おづ（小津）のみなとをめざす。まつばらが、はるかとおくまでつづいている。いったい、どこまでいけば、みやこにもどれるのか、そのみとおしのなさに、だれもかれも、やりきれないおもいである。そこで、わたしは（私は）こうよんだ。ゆけとなほゆきやられぬはいもかうむをつのうらなるきしのまつはら（行けどなほ行きやられぬは妹が績《う》む小津の浦なる岸の松原）。いけどもいけども、いきつくせないほど、はるかかなたまでつづいていくおづのうらの、きしのまつばら。まるで、おんなたちがつむぐ、ながいあさいとのようだ。こんなことをいいながら、ふねをすすめていくと、ふねのきみが、もっとはやくこいでくれないか、てんきはよいのだから、とさいそくした。するとかじとりは、きしづたいに、つなでふねをひいているふなこたちにむかって、みふねより、おふせたぶなり。あさぎたの、いでこぬさきに、つなではやひけ（御船より、仰せ給ぶなり。朝北の、出で来ぬ先に、綱手はや引け）、ふねのおさからのおたっしだ、あさのきたかぜがふかないうちに、はやいところつなでをひけ、という（こいでくれ、との命令を無視して、この男は綱を引けというのだ）。なんだかうたのようにきこえるもんくだ。しかしこれは、かじとりのくちから、ごくしぜんにでてきたもので、そんなつもりがあっていったせりふではない。きいていたひとが、みょうですな、いまのことば、なんだかうたみたいにきこえましたよ、といって、もじにかきだしてみたら、まさしくさんじゅういちもじだった。きょうはなみがたたないでくれと、しゅうじつみなでいのったかいあって、かぜもなみもない。いま、ちょうど、しろいかもめがむれをなして、なみまをただよいながら、たわむれるようにうかんでいるのがみえた。みやこがちかづいてきたうれしさのあまり、あるこどもが、こんなふうによんだ。いのりくるかざまともふをあやなくもかもめさへたになみとみゆらむ（祈り来る風間と思《も》ふをあやなくもかもめさへだに波と見ゆらむ）。かぜがふかないようにと、ずっといのりつづけてきたかいがあって、いまはやんでいる。なのに、どうしてかもめまでが、かぜにたつ、しろいなみにみえたりするのかな。そうこうするうち、いしづ（石津）というところにやってくる。ここのまつばらは、じつにすばらしくて、はまがずっとさきまで、ながながとつづいている。さらにまた、すみよし（住吉）のあたりをこぎすすむ。あるひとが、こんなうたをよんだ。いまみてそみをはしりぬるすみのえのまつよりさきにわれはへにけり（今見てぞ身をば知りぬる住江の松より先に我は経にけり）。あおあおとした、すみのえのまつをみて、あらためてわがみのいまをしらされた。しらがになったこのわたしは、ちとせをへたまつよりも、としをとってしまったのだと。そのとき、あの、なくしたこを、いちにちたりとも、いっときたりともわすれられないははおやが（もしかすると、この私が）、うたをよんだ。すみのえにふねさしよせよわすれくさしるしありやとつみてゆくへく（住江に船さし寄せよ忘れ草しるしありやと摘みてゆくべく）。すみのえに、ふねをすこし、よせてください。わすれぐさをつんでいこうとおもうのです、ほんとうにききめがあって、しんでしまったあのこを、わすれられるかどうか、たしかめてみたいのです。これは、なにもかも、すっかりわすれてしまいたい、ということではない。こいしくてたまらないおもいを、しばらくやすめておいて、そのうえで、もっとこいしくおもうちからにしたい、かてにしたい、ということなのだろう（住吉明神は、申すまでもなく和歌の神である。ここを通過していく以上、三十一文字をめぐる記憶の重奏を私は語らざるをえなかった。住江も、忘れ草も、岸の姫松も、明神さまを語るために必要な小道具である。恋する力。だれかを好きになる力、というのではない。いま眼《め》の前にないものを、そこにあらしめる力。それこそが、恋うる力なのだ。とするなら、その対象はかけがえのない存在でありさえすれば、なんでもよいのである)。こんなふうにいって、ものおもいにふけりながらけしきをながめ、こぎすすんでいくうち、とつぜん、かぜがふきはじめた。こげどもこげども、ふねはまえにすすまず、うしろにさがり、あやうくうみにおしもどされそうないきおいである。かじとりがいう。このすみよしの明神さまってのは、れいのかみさまのことだな、なにかほしいものがおありなんだろう。これはまた、なんと、うやまいのこころをかいた、いまふうのみかただろうか。そしてかじとりは、ぬさをさしあげてくれという。いわれるまま、わたしたちは、ぬさをけんじょうした。しかし、かじとりのいうことにしたがっても、かぜはいっこうにやまず、ますますふきあれ、なみもどんどんたかくなる。

きけんきわまりない。かじとりがまたいう。ぬさではごまんぞくなさらぬから、おふねもすすまんのだ、もっとかみさまのよろこぶようなものをさしあげてくれ。これはもうどうしようもない、とかんねんして、かじとりのいうとおりに、かがみをうみにおとしいれた。たいせつなめだまだって、ふたつついているのに、ひとつきりしかない、ほんとうにきちょうなかがみをさしあげれば、さすがにききめもあるだろうと。もったいないことをした、とおもう。ところが、さしいれたとたん、うみはまるで、きょうめんのようにたいらかになってしまった。あるひとが、こんなうたをよんだ。ちはやふるかみのこころをあるるうみにかかみをいれてかつみつるかな（ちはやぶる神の心を荒るる海に鏡を入れてかつ見つるかな）。あれくるううみは、かがみをなげいれたおかげで、たしかにしずまった。けれど、そのためにまた、かみのみこころもかがみにうつしだされてしまったのだ、それをはからずも、まのあたりにすることになったのである。どうも、このかみというのは、すみのえ、わすれぐさ、きしのひめまつ、といったおもむきあるものを、りかいしてくれるようなかみではなさそうだ。わたしは、このめではっきりと、かみのみこころを、かがみのなかにみてしまった（鏡、かがみ、と書いて、か、の一文字を取り払う。かの字取り。つまり、楫取り。すると、かかみは、かみとなる。神と楫取りだ）。かみのこころとは、かじとりのあさましいこころのことだったのである。

六日。みおつくしのあるところからしゅっぱつして、なにわ（難波）にいたり、いよいよ（淀川の）かこうまでやってくる。おいもわかきも、みなたとえようもなくよろこぶ。ひたいにりょうのてをあて、かみにほとけに、かんしゃをのべている。ふなよいしていた、れいのあわじのおばばは、みやこがちかづいてきたぞ、とのこえに、きょうきし、ふなぞこからこうべをもたげるようにして、こうよんだ。いつしかといふせかりつるなにはかたあしこきそけてみふねきにけり（いつしかといぶせかりつる難波潟葦漕ぎそけて御船来にけり。これもじつは、私のうたである。私はつまり、媼にもなるわけだ）。いつになったら、なにわがたにつくのかと、ずっときぶんもはれずにおりましたけれど、おふねはとうとう、あしはらをこぎわけて、ここまでやってきたのですね。まったくよそうもしていなかったひとがうたをよんだので、いちどう、ふしぎがる。なかでも、おなじようにぐあいのわるかったふねのきみ（私だ）は、いたくかんじいって、これは、ふなよいされたそのひどいおかおに、ふにあいなほどよいうただ、などといったものである。

七日。きょう、ふねは、かこうからかわにはいり、かいをつかってこぎのぼっていった。しかし、みずがひあがっていて、おもうようにすすまない。じょうりゅうにふねをむかわせるのは、ひどくむずかしい。からだのちょうしをくずしている、病者《ばうざ》たるふねのきみは（申し訳ないが、本当にこのときは具合が悪かったのだ）、もともとふうりゅうというものがわからないかたで（そんなはずはないのだが、文章のなかで自分を卑下することも大切だ）、こういうときに、うたをよむなんてまねは、とてもできない。けれども、あわじのおばばのうたにこころをうごかされ、みやこがちかづいて、きもちがたかぶっていたせいもあるのか、ようやくのこと、あやしげなうたをひねりだした。きときては かはのほりちのみつをあさみふねもわかみもなつむけふかな（来と来ては川上り路の水を浅み船も我が身もなづむ今日かな）。やっとのこと、ここまできたのに、かわをさかのぼるにはみずがあさすぎる。きょうは、ふねもわたしも、いまひとつちょうしがあがらない、とよんだ。これは、ごじぶんのたいちょうがすぐれないからこそ、できたうただろう。いっしゅよんだくらいではものたりなかったのか、もうひとつよんだ。とくとおもふふねなやますはわかためにみつのこころのあさきなりけり（とくと思ふ船悩ますは我がために水の心の浅きなりけり）。いっこくもはやく、とおもっているのに、ふねのすすみがさまたげられているのは、わたしをおもってくれるみずのこころが、あさいからである、と。みやこがちかくなったよろこびに、たえきれなくなってよんだうたなのだろう。ふねのきみは、あわじのおばばのうたにおよばないとは、しゃくにさわる、こんなことなら、よまなければよかった、とくやしがる。そのうち、よるになったので、ねてしまった。

八日。やはりかわをさかのぼるのになんぎして、とりかいのみまき（鳥飼の御牧）というところのちかくに、ていはくする。こんやもふねのきみは、いつものたいちょうふりょうで、ひどくつらそうだ。しんせんなさかなをもってきてくれたひとがいる。おこめをわたして、おかえしにする。おとこたちは、ひそひそごえで、あいつはめしつぶで、むつ（鯥）をつっていったぞ、えびでたいをつりあげたってところだ、などとあくたいをついているようだ。わりのあわない、このてのぶつぶつこうかんが、たびのあいだ、いたるところでなされた。ただし、きょうはさいにちで、しょうじんしなければならないから、さかななんぞ不用（と私は、わたしにかわって、男の言葉で、漢語で文句を言う。もちろん、あえてそうしているのである）。

九日。いてもたってもいられず、よがあけないうちからふねをひいて、かわをさかのぼっていく。でも、やはり、すいいがひくすぎ、ふねのはらが、かわぞこをするばかりで、じりじりと、いざるようにしかすすまない。ところで、わたのとまりのあかれのところ（曲《わだ》の泊《とまり》の分《あか》れの所）、とよばれるとちがある。そこで、ものごいたちが、こめやさかなをもとめるものだから、きのうもらったさかなをめぐんでやる（ほどこしをしたのは、言うまでもなく船の主たるこの私である）。そんなことをしながら、ふねをひいて、かわをさかのぼっていくと、とちゅう、なぎさの院というところがあって、それをながめながらすむ。むかしをしのびつつみやると、おもむきぶかい。はいごのおかには、まつのきがなんぼんかあって、なかにわには、うめのはながさいている。ここはかつて、よくしられていたところだ、とみながくちぐちにいう。いまはなき、これたかのみこ（惟喬親王）のおともをしてやってきた、こちらもいまやなきひとである、なりひらの中将《ちゅうじょう》が、よのなかにたえてさくらのさかさらははるのこころはのとけからまし（世の中にたえて桜の咲かざらば春の心はのどけからまし）、このよに、さくらのはなが、ぜったいにさかないのであれば、はるをむかえるひとのこころは、どれほどやすらかなことだろう、さくさかない、ちるちらないをきにして、こころをかきみだされることなしですむのだから。そうよんだのが、まさにここだったのだ。いま、そのゆかりのちにたっているひとも（私が、ということだ）、このばにふさわしいうたをよんだ。ちよへたるまつにはあれといにしへのこゑのさむさはかはらさりけり（千代経たる松にはあれどいにしへの声の寒さは変はらざりけり）。せんねんものときをへた、まつのきではあるけれど、これたかのみこのかなしみにあわせるように、えだのあいだをふきすぎたまつかぜの、さむざむとした、まっすぐなおとのひびきは、そしてまた、なりひらのきみのうたのひびきは、いまもまったくかわらないと。また、べつのひとは（またも私は）、こんなうたをよんだ。きみこひてよをふるやとのむめのはなむかしのかにそなほにほひける（君恋ひて世をふる宿の梅の花昔の香にぞなほ匂ひける）。かつてのあるじ、これたかのみこをしたって、ながいねんげつをへてきた、このふるびた院のうめのはなは、むかしとすこしもかわらず、においたっている。こんなふうにいっているうち、みやこがちかづいてくる。それがうれしくて、さらにさかのぼっていく。かわをのぼり、みやこへむかうわたしたちいっこうのなかに、あちらのくにでこどもをもうけたごふうふが、なんくみもいた。みやこをでるときには、こなどなかったかたちばかりだ。あのひとも、このひとも、ふねがとまるたびに、わがこをだきかかえて、のりおりしている。それをみて、なくなったこのははおやは、かなしみにたえられず、なかりしもありつつかへるひとのこをありしもなくてくるかなしさ（なかりしもありつつ帰る人の子をありしもなくて来るがかなしさ）、みやこからくだっていくときには、こどもなどなかったひとが、こづれでかえってくる。それなのに、このわたしときたら、いきていたこをなくして、もどってきたのだ。そのかなしさ、つらさといったら。そんなふうによんで、なくのだった。そのこのちちおやは、このうたをきいて、どんなおもいをいだくだろうか。こんなふうになげきかなしんだり、それをうたによんだりするのは、なにもものずきでやっているわけではないだろう。とうのくにでも、このくにでも、こころにせまるおもいにたえかねたときになせるわざだということだ。こんやは、うどの（鵜殿）、というところにとまる（父親がここでからうたを、漢詩を吟じたら、どんなものになったろう。私は女になってその場にいるわけだから、じっさいに吟じたとしても漢字のまま書きとめるわけにいかないのだが、ここで語られている父親が私であったとしたなら、もちろんそれにふさわしい五言七言の詩を吟じることができただろう。ついでに言っておけば、君恋ひて、のうたは、人はいさ心もしらずふるさとは花ぞむかしの香に匂ひける、という古今和歌集に収めた自作をふまえたものだ。ひとの心は、あなたの心はどうだかわからないけれど、ふるさとの花だけは、むかしと変わらない香りをただよわせて、咲いていることだという、あのうたである)。

十日。つごうのわるいことがあって、かわをのぼらない。

十一日。あめがすこしふって、やんだ。そこでまた、かわをさかのぼっていく。すると、ひがしのほうに、やまがこんもりよこたわっているのがみえた。たずねてみると、やはたのみや（石清水八幡宮）だという。これをきいてみなよろこび、やまにむかって、おがみもうしあげる。やまざきのはし（山崎の橋）がみえる。もう、うれしくてたまらない。さて、相応寺《そうおうじ》のほとりでしばらくふねをとめ、これからのみちのたどりかたなどを、あれこれそうだんした。このおてらのたつきしべには、やなぎがたくさんある。そのかげが、かわぞこにうつっているのをみて、あるひとが（私が）こうよんだ。さされなみよするあやをはあをやきのかけのいとしておるかとそみる（さざれ波寄する綾をば青柳の影の糸して織るかとぞ見る）。さざなみで、みなもに、もんようができる。それはまるで、あおやぎのかげをたていとにしておった、いちまいのぬのかと、みまちがえるほどのうつくしさだ。

十二日。やまざきにとまる。

十三日。やはり、やまざきにとまっている。

十四日。あめがふる。きょうは、京まで、ぎっしゃ（牛車）をとりに、ひとをやる。

十五日。きょう、京から、ぎっしゃをひいてきた。ふねのくらしは、かならずしもかいてきとはいえないので、とりあえずおりて、あるひとのいえにうつった。わたしたちのらいほうを、いかにもうれしそうにもてなしてくれる。このいえのあるじのようすや、かんたいぶりには、なんとなくいやなかんじがする。いろいろおかえしをする。けれど、いえのかたがたのたちいふるまいは、いんしょうもよく、れいぎただしい。

十六日。きょうのゆうがた、みやこへのぼった。どうちゅう、そとにめをやると、やまざきのまちの、おみせにかかっている、こびつ（小櫃）のかんばんえ（看板絵）も、まがり（曲り）とよばれるところにある、つりどうぐやのさげかんばん（提げ看板）も、なにひとつかわっていなかった。もっとも、うりてのこころがおなじかどうかまではわからないよ、とおとこたちは（つまり私が）いっているようだ。こうして京へのぼっていくとちゅう、しまさか（島坂）で、しらないひとから、かんたいをうけた。これはそうそうあることではない。京をたったときより、かえってくるときのほうが、こんなふうにしてもらうことがおおくなっている（受領で得たものがたくさんあるはずだとにらんでいるのだろう）。きたいされているとおり、おかえしをする。よるになるのをまってから、まちなかにはいるつもりなので、とくにいそぎもしなかった。そのうち、つきがでた。あかるくてるつきかげのもと、かつらがわ（桂川）をわたる。きのうのふちそけふはせになる（昨日の淵そ今日は瀬になる）、きのうまでふかかったところが、きょうはあさせになっている、とうたわれたあのあすかがわ（飛鳥川）ではないから、ふちもせも、まったくかわっていない、とみながいう。すると、あるひとが（私が）こうよんだ。ひさかたのつきにおひたるかつらかはそこなるかけもかはらさりけり（ひさかたの月に生ひたる桂川底なる影も変はらざりけり）。つきにはえているという、かつらのき。そのなをになっているだけに、このかつらがわは、いつまでもかわらず、かわぞこにうつるつきのひかりも、かわることがないのだ。また、べつのひとが（私が）、こうよんだ。あまくものはるかなりつるかつらかはそてをひてゝもわたりぬるかな（天雲の遥かなりつる桂川袖をひてても渡りぬるかな）。たびのどうちゅう、わたしは、かつらがわは、そらにうかぶくものように、はるかとおくにあるものだとばかりおもって、ただおもいこがれるばかりだった。そのかつらがわを、いま、そでをかわのみずで、いや、うれしなみだでぬらしながら、わたっているのだ、と。また、あるひとは（この私は）、こんなふうによんだ。かつらかはわかこころにもかよはねとおなしふかさになかるへらなり（桂川我が心にも通はねど同じ深さに流るべらなり）。かつらがわは、わたしのこころのなかにながれているわけではない。でも、まちこがれていたおもいとおなじふかさで、ここにながれているようだ。京についたよろこびのあまり、うたもついたくさんでてくる。よるもふけてからついたので、いろいろみたかったところも、くらくてよくわからない。とはいえ、みやこのつちをふむことができて、(わたしは、私は、そして私たちは)うれしい。いえにかえりついて、もんをくぐると、つきがあかるいので、まわりのようすがとてもよくみえる。かねてきかされていたいじょうに、いえのいたみがはげしい。ことばにならないほどである。いえがあれはてただけでなく、あずけておいたおとなりのひとのこころも、すさんでいたのだ。しきちのあいだに、なかがきがあるとはいっても、どうせひとつのいえみたいなものですから、おるすのあいだは、わたくしどもでめんどうをみましょう。そんなふうにもうしでてくれたのは、おとなりのほうだったではないか。だからこそ、ことあるごとにおれいのとどけものをしてきたのである。それなのに、こんやの、このありさまはどうだろう。しかしわたしは(いや、私は、と言っておこう。ここで女のわたしは姿を消して、船の長であり船の君であり、老翁であり、複数のある人であった私が、家長として前面に出て来ざるをえない。いまこれを読み返しても、やるせない気持ちがよみがえってくる。あの師走の日々、待てど暮らせど来なかった新しい国司への憤懣《ふんまん》も、最後にはしずかに抑えるほうを選んだくらい分別のある私は)、かえってきたばかりのよるに、わざわざそんなもんくを、おおきなこえで、まわりのものにいわせたりしなかった。おとなりが、いくらはくじょうにみえても、しっかりおれいだけはしておこうとおもう。さて、いえのにわには、いけみたいにくぼんで、みずのたまっているところがある（激しい白波を立てたあのおそろしい豊饒《ほうじょう》の海が、あわれ干上がった川となり、帰京の喜びと入れ替わりに鬱々《うつうつ》たる気分が昂《こう》じてくる。あげくの果てが、このまがいものの池のご登場である。水がなくては、もはや月も心も映しだすことができない）。そのほとりには、まつもあった。ごろくねんしかたっていないはずなのに、じっさいには、せんねんもすぎてしまっていたのだろうか、まつのきのはんぶんは、なくなっている。かとおもうと、あたらしくはえてきたまつもまじっている。あたりいちめん、すっかりあれはててしまって、なんともいえずかなしい。みな、くちをそろえてなげく。おもいださないことなどありはしない。あれもこれもこいしく、ここになくてさみしい。なかでもかなしくてならないのは、このいえでうまれたおんなのこが、いっしょにかえってこなかったことだ（では、わたしは、あの亡き子の母親なのか。それとも書いているこの私がそうなのか。この日記のなかに亡き子はいったい何人いるのか。ご想像におまかせしよう）。おなじふねにのってきた、かぞくづれのところでは、こどもたちがよってたかってさわいでいる。そんななか、やはりかなしみにたえられず、こころのうちをわかりあえるひとと、（わたしは、私は、いや、あのひとは）ひそかに、うたをよみかわした。むまれしもかへらぬものをわかやとにこまつのあるをみるかかなしさ（生《む》まれしも帰らぬものを我が宿に小松のあるを見るが悲しさ）。このいえでうまれたあのこが、かえってこないのに、そのあいだにここでうまれそだったこまつ、つまりこどものまつのすがたをみるのは、じつにかなしいことだ。それでもまだいいたりないのか、さらにこんなふうによんだ。みしひとのまつのちとせにみましかはとほくかなしきわかれせましや（見し人の松の千歳に見ましかば遠く悲しき別れせましや）。せんねんをいきるというまつのように、なくなったあのこが（そしてまた、兼輔殿が）ながいきしてくれたら、あんなにとおいくにで、かなしいわかれかたをしなくてもすんだろうに。わすれがたく、こころのこりはたくさんあるけれど、とてもぜんぶかきつくすことはできない。ともあれ、こんなものは、はやいところやぶりすててしまおう。

貫之による結言

とはいえ、破り棄《す》てなかったからこそ、土左日記なるものはいまもここにあって、ひとに手渡すこともできるわけである。私は思い出す。あの年の二月、早すぎる春の日、土佐の国から旧宅に戻ったのは、ここに記したとおり十六日のことだったが、その二日ののちにはもう、とるものとりあえず、兼輔殿の栗田のお宅に駆けつけたのだった。二月十八日がご命日だったからだ。植ゑ置きし二葉の松はありながら君が千歳のなきぞ悲しき。二葉の松は、これからも千年近く生きる。それなのに、あなたの命のほうは、絶えてしまった。千年も生きる松には、いずれかなうべくもないのだ。そうとわかっていたならば、わざわざ、あれほどかなしい別れまでして遠国の司の任など受けたりせず、なんとしても京に残ろうとしただろう。しかし、そんなふうに口にしたくとも、あなたはもう目の前におられない。公には、この悲しみを叫ぶことができない。だからこそ、亡き子の逸話に、亡き帝との、そしてとりわけ兼輔殿との思い出を重ねてみたのである。子《ね》の日に小松を引く。子という文字を宿した日に、子どもそのものである小さな松を引き抜いてしまうとは、なんと残酷な仕打ちだろう。ほとんど自分で自分の子の命を奪うようなものではないか。同時にまた、こうした主題の重奏は、恋しく思う心をいったん冷やして、さらに深く、さらに強く愛する力をたくわえるための、祈りのようなものだったのかもしれない。私は亡き子の物語を屏風の表に、亡き兼輔殿の不在を裏に描いた。脳裡に描いたことによって、文字で書き記したことによって、亡き子は私のなかで、よりつよく息づきはじめたのだ。この子が本当にいたかどうか、そんな詮索はどうでもいい。土左日記という散文を書きあげなかったら、あの子は、あの子たちは、桜の花びらのように、風花のようにむなしく散っていったはずである。だれがなんと言おうとも、名をもたない子どもたちはこうして私の胸に住みつき、いま、恋うる力を与えてくれている。わかるひとにはわかるだろう。わからないひとには、もうわからなくていいのだ。隣人に放棄されたに等しいなどと、多少の粉飾をまじえて語ったあの葎《むぐら》の家を、私たちは春のおわりに去った。我が宿を春のともにし別るれば花は慕ひて移ろひにけり。この家の庭に咲く桜の花は、過ぎてゆく春を慕い、他の家へ移っていく私たちを慕うように、ともにその色を移ろわせてくれた。しかし、都から土佐に移った私たちを慕ってついてきてくれたものは、なにもなかったのだ。

だから、私が語ったのは、あくまで帰路の話である。往路を消し去った物語である。ともに移ろってくれるものを得たいがための物語である。逆に言えば、私は帰って来るしかなかったのだ。行きっぱなしで終わることができたら、私自身が向こうの世界に移ろうことができたら、どんなに楽だったことか。任国へ下るときになにを見、またかの地でなにをしていたのか、言いたいこと、言えないことは、まだまだある。帰京後はじめての人事から、私はあたりまえのように漏れた。兼輔殿への想いはいまもかぎりなく深い。この想いを胸に秘めながらも、厳しい現実の穴をなんとか埋めなければならなかった。ところが、帰京の年、承平五年（九三五）の秋、木々が色づきはじめた頃、兼輔殿とは正反対の立場におられたと言えなくもない、左大臣、藤原忠平殿が白河の別邸に行かれる際の、お供をする栄誉を得たのである。百種の花の影まで映しつつ音も変はらぬ白河の水、たくさんの花々の姿が昔と変わらず水面に映っている。この白河は、水の音もかつてと変わらぬままだ。そんなふうに詠進した折には、どこか屈折した晴れがましさを感じないではいられなかった。私はそこに、私自身の弱さを見る。あるいはまた、師輔《もろすけ》殿（忠平の次男）をはじめとする権門との、公的な歌人としてのやりとりに、悲しみを覆いうる心の平静を観てしまうことに対して、どうしようもない空虚を感じる。日和《ひよ》っているわけではないと自分に言い聞かせてまで、うたを詠むおのれの地位を回復させようとするこの私とは、いったい何者なのか。この空っぽな自分を、どんな言葉で埋めたらいいのか。

つまるところ、水に映る月のように、水底を空に変える鏡面のように、私の空虚は、おなじ分量だけの充溢に転じうるのかもしれない。足りない部分こそが、湧いてでる。それが、心の見立てなのだ。あの三十七文字のうたのように、はみ出したまま仮名文字に拾われなかった幻が、私の胸に住みついている。かもうただけでは、やまとうただけではおさまりきらず、埋めきれない思いがある。こうして女文字の幣に託し、それを一心に展げてきたものを読み返してみると、溢れた六文字、同時に欠けた六文字が何であったのかにようやく気づかされた。それは、ほかならぬ私自身だったのだ。きのつらゆき。この六文字こそ、古今和歌集にあって、しかもなかった影、土左日記と名付けたこの和文の試みを通してしか表現しえなかった、どこにもなくて、どこにでもある私、なきぞ悲しき、また、ありて悲しき影だったのではないだろうか。

全集版あとがき

いま書かれつつある言葉

紀貫之《きのつらゆき》が本作を書きあげたのは、土佐の国の国司として四年の任務を終えて帰京した、九三五年か三六年頃だろうと推定されている。平安時代の後期、一二三五年に藤原定家《ていか》がこの貫之自筆本を発見し、筆写した。幸いにも、定家本はいまに伝わっている。本文とは別に、外題が付されており、そこには「土佐日記」ではなく「土左日記」と記されている。今回の現代語訳の試みに際しては、こちらの表記を採用した。

定家の写本は、実質的に批評校訂版に近い。貫之の日本語がこの時点ですでに三百年前のものになっている以上、定家といえども完全に読解しえたわけではなかった。しかし後世の誤読をできるだけ避けるために、自身の解釈に基づいた表記の変更をほどこし、最後に参考資料として、貫之の筆跡を模した一葉を加えている。その後、おなじ自筆本から、定家の息子為家《ためいえ》が一字一句たがわぬ写本を作成し、この為家本からさらに複数の写本がつくられた。うち、最も忠実な写しとされるのが青谿書屋本《せいけいしょおくぼん》である。この影印本を開いてみれば、いわゆる連綿とつづく柔らかい綿のごとき文字列の美しさにだれもがつよい印象を受けるだろう。注釈本で親しんできた、和歌の一行立てからなる前後の余白がそこにはない。分かち書きされた一字空きはあっても、和歌は地の文のなかに完璧に溶け込んでいる。「土左日記」においては、文字の視覚的効果が内容と緊密に結びついているのだ。

また、ただちに気づかされるのは、冒頭の一文に刻まれた「日記」という男文字である。「をむなもしてみんとてするなり」が示す女性視点を徹底するなら、すべて女文字で表記されるべきではないか。そこから必然的に導き出される仮名文字の選択という作品解釈の前提が、無学者の眼《め》にはたちまち崩れてしまうように見える。つづく頁をめくると、日付をはじめとして、ほかにもいくつかの漢語が放置されている。仮名文字に転換できない漢語は男の領域のものだ。つまりこれは、女のわたしもやってみようと思ってと書いておきながら、そのじつ完全に男性の視点で統御された虚構であることを、事前申告しているに等しいのではないか。

このような印象は、それまで注釈書を頼りに読み進めてきた「土左日記」の本文全体にただよう、奇妙な視点の揺らぎの感覚に合致していた。女言葉の使用、女性ならではの視点、地方官としての作者の実体験の投影、作歌と鑑賞をめぐる自説の開陳といったさまざまな注釈書の教えは、どれも腑《ふ》に落ちた。同時に、どれも腑に落ちるという感触じたいが腑に落ちない、居心地の悪さがあった。にもかかわらず、それがどこからくるのか、よくわかっていなかったのである。「土左日記」の「現代語訳」に挑戦してみないかと誘われたとき、以上のような過去の読書体験を理由に、私は躊躇《ちゅうちょ》した。一方で、この機会を利用してもう一度ゆっくりと貫之の日本語に向き合い、かつて感じた揺らぎがいまもなお感じられるとしたらなぜなのか、その理由を考えてみたいという気持ちも否定できずにいた。

久しぶりに読み返した「土左日記」の言葉には、やはり大小の複雑な揺れがあった。しかし揺れの合間に、ひとつの声が流れていた。どの場面のどの位置に立っても、背後から、いまなぜこのような散文を書かざるをえないのかを自問する貫之の声が聞こえてきた。仮名文字表記による散文に漢籍をふくむ他者の言葉を呼び込み、もうひとりの大きな他者としての自作和歌をも組み込みながら、彼はつねに冷静な眼で、「いま書かれつつある言葉」からいっときも眼を離さないメタフィクションを創造しようとしていた。書かれたものを読み返すまなざしが、「書かれつつある」現在を二重化する。表向き簡素な文章のなかで、貫之は二十世紀後半以後の文学の先鋭的な意匠と少しも異なるところがない、果敢な実験を試みていたのである。

そこで私は、あえて「土左日記」を書くに到《いた》った彼の内面を想像し、それを前段に置いてみることにした。「すでに書かれた」本文のほうには影印本の字面に似た文字列をならべ、そこに適宜自注をほどこしていく「作家」の姿を浮き彫りにしようと考えたのだ。私をとまどわせたあの読後の揺らぎは、千年以上前の仮名文字で展開された「現代文学」の海のうえでの、船酔いだったのかもしれない。

この執拗《しつよう》な酔いに耐えられたのは、言うまでもなく先達の支えがあったからである。以下に参考文献として示すのは、ほんの一部にすぎない。また、初校段階で拙訳に目を通していただき、有益な示唆と励ましを与えてくださった島内景二氏に、記して感謝したい。

主要参考文献

・「土左日記」鈴木知太郎　校注（日本古典文学大系20『土左日記　かげろふ日記　和泉式部日記　更級日記』所収）岩波書店　一九五七年
・『古今和歌集』佐伯梅友　校注（日本古典文学大系8）岩波書店　一九五八年
・「土佐日記」菊地靖彦　校注・訳（新編日本古典文学全集13『土佐日記　蜻蛉日記』所収）小学館　一九九五年
・『土佐日記　貫之集』木村正中　校注（新潮日本古典集成）新潮社　一九八八年
・『影印　土左日記』鈴木知太郎　校注解説　笠間書院　一九七〇年初版（二〇〇三年一九版参照）
・『土佐日記全注釈』萩谷朴　角川書店　一九六七年初版（一九七八年七刷参照）
・『影印本　土左日記（新訂版）』萩谷朴編　新典社　二〇一三年、新訂二四刷参照
・『土佐日記評解』小西甚一　有精堂　一九五一年初版
・『紀貫之』目崎徳衛（人物叢書）吉川弘文館　一九六一年（新装版一九九五年を参照）
・『紀貫之』大岡信（日本詩人選7）筑摩書房　一九七一年
・『紀貫之伝の研究』村瀬敏夫　桜楓社　一九八一年
・『紀貫之』藤岡忠美　講談社学術文庫　二〇〇五年
・『紀貫之』神田龍身（ミネルヴァ日本評伝選）ミネルヴァ書房　二〇〇九年
・『古典再入門「土左日記」を入りぐちにして』小松英雄　笠間書院　二〇〇六年
・『増補版　新装版「仮名文」の構文原理』小松英雄　笠間書院　二〇一二年

文庫版あとがき

彼の姿も消える

一九三〇年代のフランス地方都市から送られた古い絵葉書の通信欄に記されている、ほぼ長さの等しい十行の矩形に収められた詩篇のような言葉を、語り手の「私」がながい時間をかけて読み解き、あわせてアンドレ・Lという送り主の人物像を探っていく趣向の散文を私が書きはじめたのは、二〇〇九年夏のことだった。絵葉書の宛名は北仏の町に住むひとりの女性である。文面は特別なメッセージが隠された暗号なのか恋文なのか、なにひとつ判然としない。その後、偶然にもおなじ人物の投函した複数の絵葉書を手に入れたのを機に物語が動き出し、「私」は表面にあらわれてはいない書き手の心ばえを感受して、少しずつ日本語に訳していく。「私」の探索を見守りながら、私もまたぽつりぽつりとあいだを置いて散文を書き継ぎ、最終的に十三篇をまとめて、二〇一六年に『その姿の消し方』（新潮社）として世に送り出すことになったのだが、第九篇「発火石の味」を書きあげてしばらくした二〇一三年秋に、『土左日記』の現代語訳という思いがけない仕事の誘いを受けた。

*

歌物語でもたんなる紀行文でもない、どこか隙が多くて奇妙なゆらぎのある散文。それが九三〇年代半ばに紀貫之が記したとされる『土左日記』に対する私の認識だった。語り手の視点が揺れて、読んでいるこちらの足もともおぼつかなくなり、船酔いに似た居心地の悪さに襲われる。他方で、人物の心内を自在に行き来する語り手の距離感に惹きつけられていた。専門家の知見を参照しつつ二読三読しても、その印象は変わらず、それどころかますます強まることになった。『土左日記』に私が見出したのは、自作との共鳴の可能性だったのである。『その姿の消し方』の冒頭の一篇は「波打つ格子」と題されていた。この時点でもう海のイメージが刻印されていただけでなく、「私」が訳出した詩篇らしきものにも、不在の海がひろがっていた。

引き揚げられた木箱の夢想は千尋の底海の底蒼と闇の交わる蔀《しとみ》。二五〇年前のきみがきみの瞳に似せて吹いた色硝子の錘を一杯に詰めて。箱は箱でなく臓器として群青色の血をめぐらせながら、波

打つ格子の裏で影を生まない緑の光を捕らえる口

Lはルーシェ。フランス南西部の都市で会計検査官をしていた人物で、一九四二年に死去していることなどが、たぐりよせた関係者の証言から明らかになってくる。しかし、その後発見された複数の絵葉書を通してあらたな情報が集まるようになってから、謎はむしろ深まっていった。作中の「私」の置かれた状況や心象に応じて「木箱」や「蔀」の意味が変容し、「吹いた」という動詞の目的語が表情を変えて、目の前の景色の裏側に隠された文脈をあぶり出す。海の底、蒼の闇、波打つ海面を走る見えない船。言葉と言葉がぶつかってできる希少な緑閃光を出発点とした二十一世紀の虚構の語り手が、十世紀の語り手の脳内にすっと入り込む。

「二月一日。あさのうち、あめがふる。おひるころにやんだので、いずみのなだ、というところからこぎだす。うみのうえは、きのうとおなじく、かぜもなみもない。くろさき（黒崎）のまつばらをすぎてゆく。くろさきというちめいには、くろがふくまれ、まつのいろはあおく、いそのなみはゆきのようにしろく、かいがらはすおういろだから、ごしきには、あときいろがひとつたりないだけだ。ところできょうは、はこのうら（箱の浦）というところから、ふねをひくおとこたちをきしにあがらせ、ふねはひきづなでひいてゆく。そうやってすすんでいくうち、あるひとが（私が）こうよんだ。たまくしけはこのうらなみたたぬひはうみをかかみとたれかみさらむ（玉櫛げ箱の浦浪立たぬ日は海を鏡とたれか見ざらむ）」

五色にはひとつ足りないとする一節が、「……二五〇年／前のきみがきみの瞳に似／せて吹いた色硝子の錘」に、「蒼と／闇の交わる蔀」、そして「引き揚げられた木箱の夢／想」が、箱の浦という地名に呑み込まれる。そればかりではない。この鏡は少し先で、かじとり（楫取り）の命により、荒れた海を鎮めるための捧げものとして千尋の底に投げ入れられる。「ちからをもいれずして、あめつちをうごかし、めに見えぬ鬼神をも、あはれとおもはせ」るという『古今和歌集』仮名序の一節がそこから引き出されるにいたって、ルーシェのなかの「きみ」は、想いを一方的に寄せている女性ではなく、神にも近い「君」だったのかと錯覚したほどである。

＊

こうして『土左日記』現代語訳の試みは、私自身の散文が刊行されるまでの準備期間とかさなって、作中の「私」の立ち位置を探る作業と同期しはじめた。言葉ではなく数字を検査するこの男が絵葉書に記した単語の組み合わせは、詩とは呼びづらいものかもしれない。しかし詩人でなくとも、詩の領域にある言葉と接触することはありうるだろう。「もののあはれ」を知らない『土左日記』の楫取りや同船していた無垢な子どもたちのように、ルーシェの言葉は生きとし生けるものすべてに許された詩の裏箔となって、「海を鏡と」するように

「私」の心を映し出す。おびただしい研究が積み重ねられ、おなじ数だけの口語訳がなされてきた古典と向き合うにあたって選択したのは、貫之が仮名文字による和文の試みを客観的な眼で読み返し、自分に対して、作中の「私」に対して、見えない読者に対して注釈をほどこしていくというメタフィクション的な構造だった。『土左日記』を起草するまでの貫之の境遇と筆を擱《お》いたあとの心境を理解するために、本文の外に虚構の「緒言」と「結言」も用意した。任国からの帰路、船による旅のあいだに、元国司はおそらく男文字による日次《ひなみ》の旅日誌をつけていただろう。帰京後、心の静まりを待ってそれを女文字による仮名文に翻訳し、語りの主体を複数の人物に分散、分裂させることで、陸の移動にはない不安定なゆらぎを幻出させたのだとしたら、貫之の自己批評的な視座の可視化は避けて通ることができない。

*

ゆらぎと軋みの源は「をとこもすなる」ではじまる冒頭の一文に見出される。

この箇所の訳が、「をんなもしてみむとて」の「をんなもし」という清音のなかに「をんなもじ」、すなわち「女文字」が隠れており、そのために少々不自然な話法が選ばれたのだとする小松英雄氏や、それに先立つ江戸後期の国学者、橘守部《たちばなもりべ》が天保十三年（一八四二）の『土佐日記舟の直路《ただじ》』で示した、《「昔ヨリ日記ト云ヘバ、篁《たかむら》日記、平仲日記ナドヤウニ、漢文ノ」男もじしてすといふ日記といふものを「コタビハ仮名文ノ」女もじしてこころみんとするなり》という見解に依拠している。また、貫之が自己注釈をほどこすにあたって眼前に置いているのは、もちろん彼自身が料紙にしたためた原本とするのが自然だから、文暦二年（一二三五）に定家が発見した『土左日記』自筆本の写本奥書と、昭和五十九年（一九八四）に発見され、平成一一年（一九九九）に国宝に指定された為家本（嘉禎二年［一二三六］）、そして為家本が見出されるまで、その忠実な写本とされてきた青谿書屋本の文字列を参考に、訳文は日次の日記のように漢字が使われている箇所以外、あえて仮名表記にして歌もそこに溶け込ませた。

定家はこう記していた。「料紙白紙　不打無堺　高一尺一寸三分許広一尺七寸二分許　紙也廿六枚無軸　表紙続白紙一枚　端聊折返不立竹無紐　有外題土左日記　貫之筆　其書様和哥非別行定行尓書之聊有闕字哥下無闕字而書後詞」（料紙は白紙で、木槌で叩いた打紙ではなく、界線も入っていない。高さは一尺一寸三分ほど、横一尺七寸二分ほどの紙で、二十六枚、軸はついていない。表紙につづいて白紙が一枚あり、端が少し折られていて、軸の竹は立てられておらず、紐もついていない。本文とはべつに、土左日記、貫之筆、という外題がある。その書き方はというと、和歌を改行なしでおなじ行にそのまま書いているけれども、少し字間が開けてあり、和歌の下は字間を開けずにあとの言葉が書かれている）。

＊

男であれ女であれ、発話の主体は人称を引き裂かれた語り手である。引き裂かれ、かつ分有され、遍在して言葉を拾うことができるからこそ、身分の上下に関係なく、それぞれが「こころにおもふこと」(『古今和歌集』仮名序)を引き受けられるのだ。『土左日記』の主体が左右に揺れ、ときおり木材の軋みが聞こえてくるのは、この船が仮名文字の海に浮かんでいるからだろう。

*

貫之が土佐の国司に任じられたのは、延長八年(九三〇)の正月。土佐は言うまでもなく遠流の地であり、律令制で定められた南海道国の六国のうち、阿波、讃岐、伊予よりも格付けがひとつ下の国である。本来は貫之のような従五位下の官吏が赴く土地ではない。「延喜式」に定められた、京から土佐国府までに要する移動日数は、上り三十五日、下り十八日、海路二十五日。陸路と水路のいずれも可で、選択は当人に任されていた。四国は海に囲まれているのだから、陸路といっても経路の一部は船に乗らざるを得ない。竹内理三「土佐国に赴任するの記」（『古代から中世へ（上）　政治と文化』所収　吉川弘文館　一九七八年）に詳述された想定しうる陸路をつづめると、摂津から和泉へ南下して紀伊に入り、加太から淡路へ船で渡り、鳴門海峡でふたたび船を使って阿波から讃岐へ、伊予を瀬戸内海沿いに進むという。この先は山越えになる。貫之は還暦前後の老体である。従五位以下は赴任にあたり、守には「夫三十人、馬二十疋」が与えられた（前掲書）。さらに家族や世話人たちをひき連れて、安全に移動するのは容易なことではない。海賊に怯えていた復路ほどではないとしても、往路の海山にだって恐ろしい賊が出る可能性がないとはかぎらず、道中の天気や一行の健康状態に気を遣ってさぞかし心身を疲弊させただろう。他方、これだけの長旅ははじめてなのだから、道中の見聞やつれづれの思いについては、「をとこ」のする備忘録を控えるくらいのことはしたはずである。しかし、そのような記録が残されていたとしても、「こころにおもふこと」だけでなく、言葉が自発的に他の言葉を引き寄せてぶつかる音を聴き取り、言葉でしか浮かびあがらせることのできない架空の光景のなかに「私」を分散させるには、足場の不安定な海のほうがふさわしいと判断して、陸の言葉を消去したのかもしれない。

＊

「緒言」に記したように、貫之は藤原兼輔を介して、延喜の帝こと醍醐天皇から『古今和歌集』以後の秀歌の精選を軸として『新撰和歌』を編むようにとの勅命を受けていた。作業途上の草稿を貫之は土佐に持参し、政務のあいまを縫って完成させる心づもりでいたところ、着任後まもなく、命を下した醍醐天皇崩御の報せがもたらされた（九月二十九日歿）。貫之は編集作業を継続した。最大にして唯一の庇護者であった兼輔にわたすためである。ところが、天皇崩御から二年半近くの時が経った承平三年（九三三）二月十八日、今度はその兼輔歿の報せが入る。撰歌の束は行き場を失い、篋底に秘された。帰りの船の荷のなかには、名宛て人不在の手紙のように『新撰和歌』の歌束があった。このときにはまだ、土佐で幾度も読み返したであろう『古今和歌集』で展開された、和歌の技法と仮名文字の磁力を反映させた『土左日記』は書かれていない。『新撰和歌』が世に出るのは承平五年二月の帰京からずっとのちのことだった。

＊

国司の任をまっとうし、無事に帰京した「歌人」貫之にふたたび声がかかるようになったのは、大納言藤原恒佐家の扇合に召されたのがきっかけである。藤原忠平の白河殿での詠歌の機会にめぐまれたことで、摂関家とのかかわりが生まれるのだが、官吏としての地位はあいかわらず低いままだった。貫之は藤原師輔をつうじ、忠平その人に対して官位斡旋を懇願する。しかし望みは叶えられなかった。それどころか、あからさまな働きかけが疎まれたのか、以後、しばらく沈黙を強いられることになった。

＊

状況が変わったのは、天慶元年、朱雀院の別当に補せられたことだった。同年、周防の国に出向までし、天慶三年には、「玄蕃寮」の長官、玄蕃頭（げんばのかみ／ほうしまろうどのつかさ）という役職にも任ぜられた。これは令制の治部省に属する部署で、外国人の送迎接待や僧尼の名籍等を取り扱う役所である。従五位以下で、官位のない者に当てられる閑職なのだが、貫之にとっては土佐の国司を解任されてから六年ぶりに得た役職だった。重要なのは、『新撰和歌』に附された漢文の「序」に「玄蕃頭従五位上紀朝臣貫之上」と署名があることだ。彼がこの地位にあったのは、従五位上に昇進した天慶六年正月から木工権頭《もくのごんのかみ》となった同八年三月まで。これで成立年がほぼ確定できる。おなじ序には、自分が死ねば、醍醐天皇の命を受けて着手したせっかくの私撰詞華集も散逸してしまう（若貫之逝去。歌亦散逸）ので、そうならないことを願ってまとめた旨が記されている。「わすれかたくくちをしきことおほかれとえつくさす。とまれかうまれ、とくやりてむ」（こんなものは、はやいところやぶりすてしまおう）という、これとは対照的な『土左日記』末尾の文言が思い出される。

＊

ところで、『新撰和歌』には詠み手の名が記されていない。作者の判別できる歌はもちろんある。最多の採用数となるのは貫之その人で、『古今和歌集』では四番目の採用数だった素性《そせい》が、つねに二番手に位置していた凡河内躬恒《おおしこうちのみつね》よりも多く採られている。『新撰和歌』に躬恒の影を薄める意図が隠されているとすれば、ここでもまた、貫之が歌稿を読み返しながら自注を施していく方法でひとつの物語を組み上げることができるだろう。詠み手の名を消したことによって、撰者がそのだれにでも分化し、同化できる点では、『土左日記』のゆらぎは残っていると言えるかもしれない。しかしあれだけ仮名文の可能性をひろげた貫之が、なぜまた男文字にもどって公式文書のような序を書き添えたのか。船の揺れを呑み込んでいたあの複雑な「私」を、このときの彼はどう捉えていたのだろうか。

『新撰和歌』は、春と秋、夏と冬の歌を交互に組み合わせる特異なかたちをとっている。それでもはじまりは春であって、冒頭に置かれているのは『古今和歌集』で二首目に控えていた貫之自身の、「そてひちてむすひしみつのこほれるをはるたつけふのかせやとくらん」である。他の歌人たちとの合議で編まれた『古今和歌集』とちがって私撰であり、献上する相手もいないのだから、都の人間関係に気を遣う必要はなかった。それだけにこの第一首には、鬱屈した念のかたまりが溶けてほぐれ、あたらしい春をむかえてほしいと祈りつつ、このまま解かれ／溶かれなくてもいいとでもいう、矜恃と諦念が半分ずつ張り付いた、ある種の痛ましさを感じないではいられない。遡って言えば、この痛ましさこそ、『土左日記』の完成稿をまえにした貫之の心中にあったものではないかと思うのである。

＊

『その姿の消し方』の「私」は、絵葉書とその文面の送り手の探索を通してさまざまな人とつながり、生身のルーシェを知っていたという老人やその妻とも小さな友情を結ぶ。断片的な言葉の周辺を何度も行き来し、そこにいない人、そこにいた人、ここにいたであろう人、あるいは最初からそこにいなかった人たちすべてに、ルーシェの言葉を介して身を寄せる。『土左日記』の精読は、語り手の「私」の読解に変化をもたらした。先に触れた「発火石の味」には、「私」による試訳で、十九世紀フランスの詩人ヴィクトル・ユゴーの詩集『お爺さんになる方法』（一八七七）に収められた詩の一節が引用されている。

存在しようとするあの子らの試みは神々しいほどに拙い
未完のものが打ち震えるあの子らの言葉のなかで
空の残りが散り、逃げ去って行くのが見えるようだ
宵である私、夜である私
その蒼白く冷たい運命が色褪せていくこの私は
口にしながらほろりとする。あの子らは夜明けなのだと

ユゴーは妻と次男を亡くしたあと、遺された幼い二人の孫の面倒を見ることになった。人生の宵となり夜を迎えて終わりの近くなった老体と、夜明けを迎える若々しい子どもたちの対比。これから長い人生を確実に保証されているわけではないけれども、それを描くけなげに生きようとする幼子のなかで打ち震える「未完」のうごめきは、やがて口にされ、そして消えていく言葉そのものを暗示している。これが任国で亡くした子を想う「私」の内面と接続され、その子が存在していたら船中で歌を披露した童たちとおなじように詠んだであろう三十一文字、まだ口にされていない言葉を浮かび上がらせた。「あるものとわすれつつなほなきひとをいつらとふそかなしかりける（あるものと忘れつつなほなき人をいづらと問ふぞ悲しかりける）」。子を亡くすことは、子とともにあったであろうみずからの時間を失うことであり、子へ伝えるはずだった言葉、その子が口にしたであろう言葉をも失うに等しい。右の歌を詠んだ人のなかに、「打ち震える未完さ」が魂の微動として存在しつづけるのは、それが悲しみではなく、悲しみの器となる言葉を震わせるものだからだ。「あるものとわすれつつなほなきひと」を呼び寄せ、水底を空に見立てる逆転の構図を選ばなければ、彼岸と此岸に架橋する術はない。男文字ではそれを摑めず、女文字の歌からもすり抜けていく。貫之が、そして作中の「私」が用意したのは、そのふたつが渾然となる散文という溶液だった。

＊

十年前の一時期、『その姿の消し方』を書き継いでいる途中で私は複数の「私」となり、おなじく複数の「私」となって『土左日記』を読み返している貫之の背中を見つめていた。白い料紙のうえにひろがる文字を追いながら彼が感じていたのは、一種の困惑だったかもしれない。『新撰和歌』で除外した、「ふるとしにはるたちけるひよめる」と詞書きのある『古今和歌集』巻第一、春歌上の、在原元方の歌が心をよぎる。「としのうちにはるはきにけりひととせをこぞとやいはんことしとやいはん」（年の内に春は来にけりひととせを去年とや言はん今年とや言はん）。年が明けないうちに立春が来るという暦のうえでつくられた虚構の時間の倒立が、「私」の体験と認識の順序を入れ替え、時空をゆがませる。『古今和歌集』の最初の一首は、機智にあふれ、都人の季節感に即したやわらかい歌というより、最初から人生の入口と出口がすり替えられていたことを明かす、おそろしい仕掛だったようにも思われる。自分はずっと陸路と海路を勘ちがいしたまま生きてきたのではないか。そんな不安にとらわれて在原元方の歌をはずしたのだという妄想に私はとらわれる。失われた、あるいは消された路は、年の内にやってきたいつわりの春の道標として、鏡のように凪いだ海のうえにのびている。『土左日記』を開いた貫之は、屏風絵のようなその幻の景色のなかへ半身を入れる。眼を閉じればこのまま去年と今年のあいだの真空地帯に行けるだろう。月明かりを頭上に冠した水底にこそ自分にふさわしい住処があるだろう。揺らぐ敷居をまたぎ、不安定な足もとに浮かぶ仮名文字の月を摑もうとして、いつのまにか彼は、見えない海の水に言の葉の袖を濡らしている。

＊

文庫化に当たっては、現代語訳に一部加筆修正をほどこし、参考文献を追加した。また、日本大学商学部教授の西山秀人氏には、懇切かつ鋭利な解題をお書きいただいた。心より御礼を申し上げたい。

主要参考文献・追加分

・『新撰和歌』 紀貫之 群書類従 巻第一五九
・『土佐日記舟の直路』 橘守部 一八四二年 宮内庁書陵部所蔵 国書データベース
・『土佐日記』 川瀬一馬 校注・現代語訳 講談社文庫 一九八九年
・『土佐日記（全）』 西山秀人編 角川ソフィア文庫 二〇〇七年
・『土左日記虚構論 初期散文文学の生成と国風文化』 東原伸明 武蔵野書院 二〇一五年
・『紀貫之 文学と文化の底流を求めて』 大野ロベルト 東京堂出版 二〇一九年
・『土左日記を読みなおす 屈折した表現の理解のために』 小松英雄 笠間書院 二〇一八年

解題

西山秀人

『土左日記』は平安時代前期から中期にかけて活躍した歌人、紀貫之の手になる日記文学である。土佐守《とさのかみ》の任を終えた貫之が承平四年（九三四）十二月二十一日に土佐の国府を出発し、翌五年二月十六日に京の自邸に帰り着くまでの五十五日間の船旅の経験をもとに書かれたもので、帰京後一、二年のうちに成立したと考えられている。日記冒頭の、

をとこもすなる日記といふものををんなもしてみむとてするなり。

は、従来「男の人も書くと聞いている日記というものを、女（の私）も試みてみようと思って書くのである」の意に解され、筆者を女性に仮託した作品であることを宣言した一文として捉えられてきた。その一方、江戸時代の国学者、

北村季吟《きたむらきぎん》の注釈書である『土佐日記抄』には「男文字にてする日記を女文字にてかくとの心なり」とする異説が紹介されている。季吟は同説を「ひがごとなるべし」（誤りであろう）と一蹴するが、江戸後期には橘守部《たちばなもりべ》が、近年では小松英雄氏がこれと同様の解釈を主張している。この解釈に従えば、男文字とは漢字のことで、当時の日記が主に男性官人によって漢文体で記録されていることを踏まえての表現ということになる。女文字は平仮名を指す。たしかに、本作品に施された数々の言語遊戯に思いを馳せれば、「をとこも（す）」に男文字を、「をんなもし」に女文字の意を重ねたとする見方はあながち的外れではないと思われる。堀江敏幸氏による本書訳はその立場から、

おとこがかんじをもちいてしるすのをつねとする日記というものを、わたしはいま、あえておんなのもじで、つまりかながきでしるしてみたい

と、あえて平仮名主体の訳文を提示する。続く「自注」では「それは必ずしも、女になりすますことを意味しない」と補足するが、これは貫之が同行の女性に扮《ふん》して旅日記を認《したた》めたとする従来の女性仮託説に一石を投じていよう。十二月

二十六日、一月十七日、十八日、二十七日の記事では女性ゆえに唐詩《からうた》は筆録できないという立場をとるが、作品内にはそれとは矛盾するような漢語や漢文訓読語が散見されるなど、そのスタンスにはぶれがある。二月十六日の帰京の場面に至っては貫之自身が作品世界に登場し、隣人に対する人々の非難を毅然と制し、憤りながらもお礼だけはしておこうとつとめて冷静に対処する。本作品が多くの虚構を含んでいることは作品を読み進めていけば自ずと理解されるが、それは単なる虚構ではなく「『いま書かれつつある言葉』からいっときも眼を離さないメタフィクション」（全集版あとがき）に仕立て上げられている点に貫之の創意をみる。貫之は『土左日記』という作品をとおして、ある種の文学的な実験を試みていたに相違ない。

『土左日記』は出立から帰京までの五十五日間の旅の模様を一日も欠くことなく記している。十二月二十九日の次に元日の記事を載せているが、陰暦の場合は基本的に大の月が三十日まで、小の月は二十九日までと定められている。月の大小の並びは年ごとに変わり、本作品の十二月に比定される承平四年十二月は小の月である。したがって二十九日は晦日（月末）、その翌日は承平五年正月一日ということになる。

本作品は日次を追って日々の出来事を書き継いでいく日次記《ひなみき》の形態をとっている。これは具注暦（日の吉凶、禍福、禁忌などを漢字で記した暦）に日々の公務の記録を書き込んでいくという漢文日記のスタイルに倣ったものである。そのように既存の枠組みを借りながらも平仮名を用い、実録から離れることで、六十余首の和歌・歌謡や老若男女さまざまな人物による会話文を盛り込むことが可能となった。それらを効果的に配し、対句的表現を交えながら戯曲性を加味した点に本作品の文学的達成が認められよう。

和歌について見ていくと、歌謡を除いた五十八首中、土佐国で亡くした女児を追慕した歌は八首に及ぶ（十二月二十七日二首、一月十一日、二月四日二首、五日、九日、十六日）。『土左日記』では亡児追懐が本作品を支えるモチーフとなっているが、それに該当する六件の記事すべてに和歌が含まれている。うち五件の記事では悲しさや愛おしさといった感情が抑えられなくなった際に歌が詠まれており、二月九日には亡児の母による「なかりしもありつつ帰る人の子をありしもなくて来るがかなしさ」の歌の後に、「かうやうのことも、歌も、好むとてあるにもあらざるべし。唐土《もろこし》もここも、思ふことにたへぬときのわざとか」と補足説明が加えられている。詠歌の動機について述べたこの一節は、中国最古の詩集である『詩経』に付された大序（毛詩序）や貫之が著した『古今和歌集』仮名序を念頭に置きつつ、作者自身の和歌観を改めて披瀝《ひれき》したものとみてよいだろう。そうした意味では亡児追慕の歌は『古今集』哀傷歌の方法を女児の死に援用したものと捉えることもできる。もっとも、その表現は必ずしも当世風の表現に沿ったものばかりではない。たとえば二月四日の、

　寄する波打ちも寄せなむ我が恋ふる人忘れ貝下りて拾はむ

　忘れ貝拾ひしもせじ白玉を恋ふるをだにもかたみと思はむ

は、「我が背子《せこ》に恋ふれば苦し暇《いとま》あらば拾《ひり》ひて行かむ恋忘れ貝」（万葉集・巻六・大伴 坂上 郎女《おおとものさかのうえのいらつめ》）をはじめ『万葉集』に散見される「忘れ貝」という景物

を詠んでいる。こうした表現摂取のあり方は、亡児追慕歌に限らず他の歌においても指摘することができる。作者はあえて古今風からの逸脱を図ることで、表現の古めかしさや拙さを演出しようとしたものと思われる。

亡児追懐の場面に限らず、本作品では子供に関する描写が目立っているが、とりわけ子供の詠歌が六首も収められていることには注目される（一月七日、十一日、十五日、二十二日、二十六日、二月五日）。萩谷朴氏は『土左日記』が年少男子を対象とした和歌初学入門書として構想されたものと推測するが、年少者に限らず大人をも対象としたビギナー向けの歌論書を企図していた可能性もあろう。『土左日記』はなぜ書かれたのかという根源的な問いに対しては、本書「貫之による緒言」其の六以降に一つの解答例が提示されている。

五十五日間の旅のうちほとんどが船上生活であり、しかも船がはかばかしく進まないという状況では、書くべきネタも尽き、記事は停滞しがちになるだろう。それを避けるために本作品にはさまざまな仕掛けが施されているが、とりわけ作者の創意をうかがわせるものとしては海賊への怖れと楫取《かじとり》のパフォーマンスが挙げられる。海賊について最初に言及しているのは一月二十一日の記事であり、以後、一行が和泉の灘に至り「海賊ものならず」と安堵する一月三十日まで、海賊の襲来に怯えながらも最大限の注意を払って船を進ませている（一月二十三日、二十五日、二十六日）。結局、海賊が現れることはなかったが、噂という得体の知れない情報が一行の恐怖感を増幅させている。海賊の首領として名を馳せた藤原純友《すみとも》が活躍するのは今少し後のことだが、貫之が帰京する頃は瀬戸内海で海賊が跳梁《ちようりよう》し始めた時期でもある。貫之も土佐守在任中はおそらく海賊を厳しく取り締まっていたことであろう。「船君《ふなぎみ》なる人、波を見て、国よりはじめて、海賊報《むく》いせむ」ことを気にかけていたのは、作者自身の経験が反映されたものと推察される。

楫取は「もののあはれ」すなわち別離の情緒も和歌の風趣も解し得ない、酒好きで私利私欲に満ちた人物として描かれている。都人とは対蹠《たいせき》的な存在であり、一行は楫取を見下し反発もするが、その反面「黒鳥のもとに白き波を寄す」（一月二十一日）、「みふねより、おふせたぶなり。あさぎたの、いでこぬさきに、つなではやひけ」（二月五日）などとその発言をいちいち話題にしている。幣を奉納した際の見え透いた演出（一月二十六日）、住吉付近で逆風に煽られた際の慇懃無礼な物言い（二月五日）も含め、それらはフィクションの産物であったかもしれない。たとえそうであっても、楫取の言説はとかく単調になりがちな本作品に生彩を与えている。まさに名脇役といえようか。作者は楫取の言動をあえてクローズアップすることで、作品にドラマ性を持たせようとしたものと思われる。

ちなみに、楫取に急かされて大切な鏡を住吉明神に奉納した折には、「鏡に神の心をこそは見つれ。楫取の心は、神の御心《みこころ》なりけり」と心のあり様に注目しているが、人はもとより神でさえもその心は頼みがたいものだとする諦念にも似た述懐は、十二月二十三日における「国人《くにひと》」の打算的な態度、二月十六日に男たちが山崎の街を過ぎながら口にした「売り人の心をぞ知らぬ」、そして帰宅直後の「家に預けたりつる人の心も、荒れたるなりけり」にも見出される。

『土左日記』では人々の「心」「志」に注目した記述が目立ち、それらは心の裏側を照射するアイロニーとして機能していることが多い。しかし、そのような風刺性が『蜻蛉日記』をはじめとする女流日記文学に継承されていったかというと、必ずしもそうとは言い切れない。本作品に通底する記録性や虚構性は『蜻蛉日記』や『紫式部日記』にも指摘されるが、それらは決して同質ではなく、むしろ本作品の異質性が顕在化しているといってよい。『土左日記』が仮名文学の嚆矢《こうし》ともいうべき作品であるという評価は今後も動くことはないだろう。しかし、その方法は一回性の強い、当時としては多分に前衛的な試みであったと考えたほうが実状に近いのではなかろうか。

『土左日記』は一般的には「土佐日記」と表記されるが、現存最古の伝本である藤原定家筆本の奥書によれば、「紀氏自筆本蓮華王院宝蔵」の外題《げだい》には「土左日記貫之筆」と記されていたという。定家の息為家が書写した為家本のほか、同じく貫之自筆本を書写したと伝えられる宗綱《むねつな》本、実隆《さねたか》本（ともに消失）の転写本も「土左日記」の外題を持つ。記紀などの上代文献では国名を「土左」と表記した例が多いが、平安時代に至ると「土佐」の表記が定着をみたようである。そうなるとなぜ「土左」なのかということになるが、東原伸明氏は実在の地名である「土佐」ではなく、あえて「土左」を用いることにより、意図的に歴史地理・歴史的事実とは一定の距離をとろうとしたものと推察する。「土左日記」という書名が貫之自身による命名か否かは不明であるが、貫之の手によるものとすれば、「土左」の表記を用いることにより、書名にも虚構の綾を織り込もうとしたのであろう。貫之らしい諧謔といえようか。

なお、『土左日記』は早くから絵画化されていたらしく、平安時代中葉の歌僧、恵慶《えぎよう》法師の家集には、

つらゆきがとさの日記を絵にかけるを、五年《いつとせ》を過ぐしける、家の荒れたる心を

くらべこし波路もかくはあらざりき蓬《よもぎ》の原となれるわが宿（恵慶法師集）

という歌が収められている。この絵は二月十六日の帰京の場面を描いたもので、

おそらく荒れ果てた庭を呆然と眺める前国司の姿も描かれていたことであろう。『土左日記』の成立からおよそ半世紀後には本作品が貫之の作として認知され、「とさの日記」と呼ばれていたことを伝える貴重な資料である。

紀貫之の事跡については、本書の「緒言」ならびに「結言」に縷々述べられているので、ここでは概略のみにとどめたい。貫之の生年は不明であるが、貞観十三年（八七一）と推測する村瀬敏夫氏の説が穏当とされている。没年は天慶八年（九四五）説と同九年説がある。父は紀望行《もちゆき》（茂行）。『古今集』撰者の中ではリーダー的な存在であったとみられ、当時は宮中の書籍を管理する御書《ごしょの》所預《ところのあずかり》の職にあったことが知られる。以後、越前権少掾《ごんのしょうじょう》、内膳典膳、少内記、大内記を経て、延喜十七年（九一七）に従五位下に昇進、貴族の仲間入りを果たした。この時期の順調な昇進はおそらく貫之のパトロン的存在であった藤原兼輔、定方の後押しによるものであろう。加賀介、美濃介、大監物《だいけんもつ》、右京《うきょう》亮《のすけ》を経て、延長八年（九三〇）土佐守として任地に下向、承平五年（九三五）

二月に帰京した。その後はしばらく無官であったが、天慶元年（九四〇）によようやく朱雀院別当に補せられ、同三年、玄蕃頭《げんばのかみ》に任ぜられた。同六年正月には従五位上に昇進、同八年に転じた木工権頭《もくのごんのかみ》が最終官となる。歌界での華々しい活躍に比して、その生涯は不遇であったと言わざるを得ない。醍醐天皇の勅命により土佐守在任中に編纂した『新撰和歌』は天皇の崩御により奏覧が叶わなかった。家集に『貫之集』があり、所載歌は九百余首に及ぶが、その半数以上は屛風歌で占められている。

屛風絵という虚構の世界に入り込み、主に画中人物の立場で歌を詠むという屛風歌の方法は、形を変えて『土左日記』に継承されていった。本書「緒言」の「現実の風景をあえて言葉の屛風に置き換え、そのなかに分け入り、ひとりひとりに接近して、同化する」という喩えはまさに言い得て妙である。堀江氏による『土左日記』は、貫之によって構築された「言葉の屛風」に新たな彩色を施したものといえよう。ぜひともその色合いを楽しんでいただきたい。

（にしやま・ひでひと／日本大学教授　平安時代和歌文学）

本書は、二〇一六年一月に小社から刊行された『竹取物語　伊勢物語　堤中納言物語　土左日記　更級日記』（池澤夏樹＝個人編集　日本文学全集03）より、「土左日記」を収録しました。文庫化にあたり、一部修正し、書き下ろしのあとがきと解題を加えました。

土《と》左《さ》日記《にっき》

二〇二四年 七 月一〇日 初版印刷
二〇二四年 七 月二〇日 初版発行

訳 者 堀江《ほりえ》敏幸《としゆき》
発行者 小野寺優
発行所 株式会社河出書房新社
〒一六二-八五四四
東京都新宿区東五軒町二-一三
電話〇三-三四〇四-八六一一（編集）
〇三-三四〇四-一二〇一（営業）
https://www.kawade.co.jp/

ロゴ・表紙デザイン 粟津潔
本文フォーマット 佐々木暁
本文組版 KAWADE DTP WORKS
印刷・製本 中央精版印刷株式会社

Printed in Japan ISBN978-4-309-42118-6

kawade bunko 古典新訳コレクション